화이트, 블랙

화이트, 블랙

은연필 소설

교유서가

차례

화이트: 화인

그 두 정거장은 화인에게 먼 길이었다. 간편하기는 직접 걷는 편이 나았고, 시간을 따지더라도 동네 택시가 빨랐다. 주홍의 집에서라면 목적지는 어차피 자동차 5분 안쪽의 거리였다. 전철은 역으로 걸어가 다시 지하 계단을 내려가고, 개찰구를 통과한 뒤 열차를 기다리는 시간까지 더해야 했으니 가장 불편한 이동수단이었다.

시작은 지극히 단순했다. 출퇴근길은 지루하거나 염증이 이는 것이었다. 평소와 다를 것 하나 없던 어느 퇴근길, 나라시에 오르기 무섭게 답답증이 밀려왔다. 거의 숨이 쉬어지지 않았다. 그 또한 평소대로였다. 다만 그날은 참기가 싫었다.

으레 까다로운 고객을 만났고, 만취상태였다. 실장의 요구에 따라 고객을 호텔까지 배웅한 다음이었다. 10미터 남짓 움직였을까. 차가 막 가속도를 붙이려는 순간 화인은 목적지까지의 요금을 던지듯이 운전석으로 내밀었다. 나라시 기사가 고개를 돌려 화인을 물끄러미 바라보았다. 익숙한 일이라는 듯 차를 멈추었다.

혼자 되는 순간 시야가 트였다. 앞으로 쭉 뻗은 도심의 거리는 매우 한산했다. 어설픈 일탈이 자주 보아오던 거리의 색감과 공기를 잠시나마 변화시켰다. 엊그제 음주운전으로 체포되지 않았다면 카이엔에 올라 도로를 좀 내달렸을 거였다.

근래에 이르러 화인은 그런 식으로밖에 찾아오지 않는 지극히 짧은 변화의 순간들에 거의 매달리다시피 살아가고 있었다. 온순히 잠든 동물의 호흡처럼 변화가 곳곳은 밝아오는 여명 속에 제 형체를 조금씩 부풀리고 있었다. 드높이 솟구친 회색의 빌딩숲과 푸른 잎을 흔드는 가로수, 상점의 현란한 디지털 신호가 색색으로 겹친 거리는 한 폭의 수채화처럼 대기 속으로 부드럽게 녹아들었다.

해가 뜨는 방향에서 바람이 불어와 화인의 살갗을 자극했다. 깊은숨을 내쉬게 하는 바람이었다. 흐읍, 후, 흐읍, 후 하고 몇 번의 숨을 뱉어내던 순간 도로 한 켠의 전철역 입구가 눈에 번쩍 띄었다. 망설임은 잠시뿐이었다. 화인은 성큼성큼 지하로 내려갔다.

지금 들어오는 열차는 당 역에서 출발하는 내선순환 열차로서 운행 시각은……. 마침 첫차 시각이었다. 까만 터널 속에서 새하얀 점 하나가 조금씩 커지면서 뚜렷한 불빛으로 눈앞까지 번져왔다. 드릴로 벽을 뚫는 것처럼 딛고 선 바닥에 진동이 일었다. 밤사이 가라앉았던 공기가 회오리치며 얼굴을 향해 밀려들었다.

문득 고개를 돌리자, 육중한 시곗바늘이 열을 맞추는 것처럼 그날의 첫차가 멈춰 섰다. 몇 번 경적이 울렸다. 귀가 따가웠다. 간밤 흩어진 밤의 조각들이 다시금 톱니바퀴를 맞추는 소리 같았다. 치직, 공기 압축이 풀렸다. 누군가 하루의 시작을 알리는 단추를 누른 듯 전철의 문이 활짝 벌어졌다. 화인은 전철 안으로 불쑥 발을 내밀었다. 몇 년 만에 타는 전철인지 알 수 없었다.

예상과 달리 목적지까지는 결코 긴 시간이 걸리지

않았다. 짧은 거리였으니 자연스러운 일이었지만 화인은 그 사실이 어쩐지 의아했다. 오래돼 가물했지만 지금껏 대중교통을 이용하지 않은 데는 이유가 있었다. 두 정거장을 통과하는 일이 사막 한가운데를 통과하는 것처럼 기약 없이 막막하거나, 좁고 컴컴한 골목을 지나는 것만큼 위험한 시간이 아니라는 사실이 선뜻 믿어지지 않았다. 열차가 순식간에 내릴 역에 멈춰 섰을 때, 전철역 입구로 올라와 다시금 아침의 상쾌한 바람을 맞았을 때 화인은 일종의 뿌듯함을 느꼈다. 이전과는 무엇이 달라진 것이었다. 일탈이라면 성공적인 일탈이었다.

화인이 그런 식의 일탈을 좇는 사이 주홍은 철저하게 정해진 수순을 밟아 자기 시간을 만들고 있었다. 한국으로 돌아오자마자 주홍이 준비한 일에서도 화인은 그 사실을 확인할 수 있었다. 주홍은 채 짐이 도착하기도 전에 불안한 몸짓으로 창마다 나무 패널을 덧대어 빛을 차단했고, 집주인의 허락도 없이 내장재를 교체해 방음 시스템부터 구축했다. 잃어버린 필름 영사기를 다시 마련했고, 천장에 영사막을 매달았다. 나아가

16밀리, 35밀리 필름을 보관할 주방용 냉장고까지 두 대 구입했다.

화인은 그 모든 비용이 빚이라는 사실을 말해주고 싶었지만 끝내 입을 닫았다. 말릴 사이도 없는 선택이었다. 냉장고가 5백만 원, 인테리어 비용이 5천5백만 원, 침대와 안락의자 등 가구를 들이는 데 4천만 원. 미리 주문한 터키산 카펫, 영국산 앤티크 소품들, 추상화 몇 점, 조명기구, 안락의자 커버와 커튼 등에는 다시 그만큼의 비용이 들 것이었다. 더군다나 영사기와 원본 필름은 개인 경매로 구입했으니 가격 측정이 불가능한 것이었다.

자기에게 그랬던 것처럼 빤한 지적과 제지는 이미 충분한 손가락질 하나를 더 보태는 일에 지나지 않을 것이었다. 대가가 클 거야. 너는 제발 나처럼 되지 않았으면 좋겠어. 마음으로 그런 말을 곱씹고는 있었지만 그것이야말로 화인을 가장 신물나게 만들던 말이 아니던가. 오피스텔 전체를 밀실로 만든 다음, 거실 한가운데 초록 카펫과 더블베드를 놓은 뒤에야 주홍의 불안한 몸짓에 탄력이 붙고 얼굴에서 미소가 드러났다. 함께 미소 지을 뿐 달리 화인이 할 수 있는 일이 없어 보였다.

　이런 말이 가능하다면 주홍은 '필름광'이었다. 일반적인 영화광은 못 된다는 사실을 안 것은 미국에서 함께 시간을 보낸 후였다. 필름은 할리우드의 오래된 스튜디오에서 한국까지 옮겨온 마스터 포지티브들이었다. 선별에는 특정한 기준이 없었다. 작품성이나 흥행, 재미와 무관한 것들이 대부분이었다. 주홍은 영화 내용보다 오래된 흑백필름에서 빛을 받아 영사막에서 새롭게 살아나는 이국의 풍경이나 인물들에 매료된 것처럼 보였다. 세상에 더이상 존재하지 않는 시간과 풍경, 특히 인물들이 흑백의 화면에서 건네는 말들, 예사롭지 않은 눈빛, 지금에서는 은막에 생의 흔적으로만 남은 격한 몸동작을 바라보면서 일종의 안정감을 되찾는 것 같았다.

　한국에 와서도 화인은 자주 주홍의 집을 찾았다. 알려준 현관 비밀번호를 누른 뒤 밀실에 들어서면 벽과 바닥은 영사기에서 쏟아진 빛으로 일렁거렸다. 물속 깊숙한 곳에서 흐르는 유유한 시간처럼 주위는 영사기의 달그락거리는 소리뿐이었다. 소리가 들리지 않는 영화가 과연 영화일까. 화인은 다소 어색했지만 주홍은 아랑곳하지 않는 것 같았다. 새하얀 비단 이불을 한 껏 알몸에 휘감고, 얼음이 담긴 술잔을 간간이 들이켜면서, 더블베드에 완연히 몸을 맡긴 채 멍하니 지나가는 흑백 화면을 바라보았다. 빛의 일렁임 속에서 삐죽이 드러나는 주홍의 미소는 은막 속의 여배우들과 많이 닮아 있었다. 화인에게 이상스러운 안타까움을 부르는 미소였다.

네가 죽으면, 나도 죽어. 근래 이르러 화인은 주홍을 향해 확실히 그런 감정을 품고 있었다. 지하철을 오르내리는 동안 그런 생각은 더 강해져갔다. 어쩌면 특별한 일은 아닐지 몰랐다. 인정하기 싫었지만 대개 이 바닥에서는 그랬다. 일종의 전우애랄까, 특별한 이유가 없더라도 연인이나 가속보다 동료가 우선이 되는 경우가 잦았다. 하지만 왜 하필 주홍이었는지, 어쩌다 그애와 이렇게까지 가까워졌는지 화인은 알지 못했다.

어쩌면 주홍의 인형 같은 외모 때문이었는지 몰랐다. 젊음과 매력을 최우선으로 여기는 업계 논리는 화인 역시 어쩔 수 없이 인정하는 바였다. 권력의 변화에 촉각을 곤두세우는 말단 관료와 마찬가지로 살아남기 위한 방편으로써 아름다운 여자와의 관계 맺기는 필수적이었다. 한마디로 주홍은 권력자였다. 백옥 같은 피부, 부드러운 머릿결, 훤한 이마, 크고 깊숙한 눈매, 살짝 자세를 틀 때마다 새롭게 드러나는 늘씬한 몸의 비율. 주홍은 영화 속에 사는 것처럼 빛으로 거기 있었다. 그리고 어렸다.

한편, 청춘과 미색의 내리막길에 접어든, 어리지 않은 화인으로서는 주홍이 반가울 리 만무했다. 관심이 쏠리는 것까지는 어쩔 수 없대도, 서로의 관계가 가까워질수록 제가 가진 것들은 희미해지지 않을까 조바심이 드는 것이었다. 그러고 보면 화인은 주홍의 나이나 출신지는 물론 주홍이 진짜 주홍인지도 몰랐다. 성은 물론 정확한 이름조차 모르는 거였다. 어쩌면 그 계기가 아니었다면 둘 사이는 여타의 관계들처럼 서로 어색함을 감추기 위해 애만 쓰는 선에서 끝났을지 몰랐다. 벌써 몇 년도 더 된 일이었다.

신종 마취제 하나가 세간에 떠들썩하게 오르내리던 무렵이었다. 전설적인 팝 가수의 죽음에서 비롯된 논란이 오래지 않아 국내에까지 영향을 미친 것이었다. 몇 명의 유명인이 연루된 탓에 그제야 수면 위로 드러났을 뿐, 우유 빛깔의 그 마취제는 이미 업계에 광범위하게 퍼져 있었다. 문제의 성형외과에서는 총 4명이 사망했다.

사망한 이들 모두 동종업계 종사자였고, 그중에는 화인에게 마취제를 소개한 동료 언니도 포함돼 있었다. 시신을 확인한 건 화인이었다. 어머니가 딸을 키우고 있다는 얘기를 들은 것 같았는데 알고 보니 언니는 무연고자였다. 실제 탈북 여성에 대한 얘기를 들은 건 그때가 처음이었다. 억양이 특이하다는 느낌이 좀 있었지만 전혀 예상치 못한 일이었다. 아무도 마취제의 향정신성 성분이 가져올 부작용이나 파장에 대해 말하지 않던 때였다. 한순간 나아진다, 술보다 값싸고 빠르다, 차라리 남자보다 낫다. 그것이 주사를 맞은 이들의 한결같은 의견이었다. 스토커로 돌변한 고객에게 몇 년째 시달리던 언니의 표정이 그 시기만큼 밝은 적은 없었다.

치료 과정에서 발생한 안타까운 의료사고라고 신문에는 대서특필됐다. 경찰 수사도 그렇게 종결됐지만, 시술이나 수술은 없었다는 사실을 모두 잘 알고 있었다. 주검이 된 언니 앞에서 화인과 몇몇의 다른 동료들은 발만 동동 굴렀을 뿐, 그녀들의 죽음에 관한 진실에 개입할 여력이 없었다. 무슨 방법이 있겠는가. 달콤한 감기약 한 순갈을 마시듯 마취제가 주는 약물 반응을 바라기는 너나할 것 없었다. 이미 모두 공범이었다. 결국 화인 자신에게까지 수사망이 좁혀왔다. 한때의 애인이자 오랜 고객이던 검사는 가중처벌 대상은 도망부터 치는 게 상책이라며 전문가적 의견을 피력했다.

그때 LA로 화인을 따라나선 것이 주홍이었다. 한국이나 다른 곳에서 화인을 찾아오는 이는 아무도 없었고, 그건 주홍 역시 마찬가지였다. 그러나 그때까지 둘은 생리주기가 겹친다는 공통점 정도만 갖고 있었다. 서로가 주기를 잊어버릴 때마다 제 것을 챙겨주었다지만 그것과 타국으로 함께 향한다는 건 별개의 문제였다. 화인이 어리벙벙해하는 사이 주홍이 앞서서 일을 추진했다.

영화에 대한 주홍의 관심은 익히 알려진 것이었기에 그 탓이려니 했는데, LA에서의 몇 년 동안 주홍은 할리우드 대로는커녕 한인타운 자체를 벗어나려 하지 않았다. 비자 만료 이후 강제추방을 기다리던 어느 하루 주홍이 갑작스레 LA에 오던 순간을 회상하기 전까지 화인은 명확한 이유를 알지 못했다. 무슨 특별한 이유가 있었겠어요. 그냥 언니가 좋았어요. 주홍은 그렇게 읊조렸다.

이번 역은 00역입니다. 내리실 손님께서는……. 누구였을까. 손에 받아든 것은 비타민 음료수였다. 형광색 띠가 리본 매듭으로 병을 감싸고 있었다. 미미하게 화인의 손이 떨렸다.

홀로 전철에 오르기 시작한 지 한 달이 지난 시점이었다. 누군가의 일상이 화인에게는 비일상일지 몰랐고, 그녀는 그런 착각이 마음에 들었다. 밖에서는 보이지 않는 유리문 안쪽에 숨어서 세상을 훔쳐보는 기분이었다. 화인은 하루의 가장 중요한 의식을 치르듯 매일 첫차 시각을 엄수했다.

새벽의 풍경은 화인이 이제껏 알고 있었거나 상상했던 것과 조금은 달랐다. 이른 시각의 조용하고 한가로운 분위기는 그대로였지만, 승객 수가 의외로 많았다. 자리에는 노년층의 여성이 상당수였고, 그렇지 않으면 때가 탄 작업복 차림의 노동자였다. 젊은 커플이나 트렁크를 든 외국인 여행객도 간간이 눈에 띄었지만 대

개 자리를 지키고 앉은 사람은 엇비슷했다. 일정한 시각에 일정한 곳에서 열차에 오르는 모양으로 좌석에 앉는 사람들은 순서까지 정해져 있었다. 그들이 서로 인사를 나누거나, 눈을 감은 채 머리를 뒤로 젖히고 졸음을 즐기는 모습을 화인은 멍하니 바라보곤 했다.

한편, 자신이 매일 첫차 시각을 맞춰 이동을 한다니 기분이 조금 이상했다. 한평생 예상할 수 없던 일이었고 원하지도 않은 일이었다. 바로 그 점이 화인에게 색다른 기분을 일으켰다. 첫차를 타고 자신만의 목적지로 향하는 사람들, 하루의 시작대 위에 당당히 올라서 아침을 여는 그들과 함께 보내는 시간들이 화인에게 무엇인가를 환기시켰다. 오래전에 잃어버린 무엇이었다. 놓쳐서는 곤란한, 반드시 붙잡아야 할, 아마도 이제는 화인 자신과 멀어진 무엇. 어쩌면 얼마를 벌기 위해 비바람과 천둥번개 모두를 다 헤치고 매일 새벽 시간을 사수할 수밖에 없는 생활은 화인이 그토록 증오해 마지않는 것이었는지 몰랐다. 희미한 기억 속의 일이지만 아마도 그러했으리, 하고 화인이 생각할 즈음이면, 열차가 내릴 역에 멈춰 서곤 했다.

비타민 음료에는 근로자의 날 기념, 이라는 문구가

붙어 있었다. 리본 매듭 끝에 새겨진 형광색 로고는 부 엉이 무늬였다. 그러고 보니 열차에 막 오르던 무렵 노 란 조끼를 입은 이들이 어느 봉사단체 운운하면서 한 동안 지하철을 돌아다닌 기억이 났다. 새벽바람을 헤 치고 일터로 향하는 이 땅의 근로자들에게 감사의 뜻 을 전한다는 말이 얼핏 들려왔던 것 같기도 했다. 자기 에게 해당 사항이 없다는 것을 알았지만 악수하듯 내 미는 손길이 워낙 자연스러웠기에 화인의 손도 절로 따라올라갔다. 음료수를 돌려주려 했을 때는 이미 상 대방 모습이 보이지 않았다.

　얼굴도 보지 못한 상대방의 행동에 호응한 것은 첫 차에서의 어떤 분위기 탓인지 몰랐다. 출입문 쪽 좌석 에는 50~60대로 보이는 세 명의 중년여성이 순서대 로 앉아 있었다. 나비 모양의 안경을 쓴 부인, 빨간색 장갑을 낀 부인, 그리고 개를 데리고 다니는 부인이라 부르면 적당할 승객들이었다. 모두 작고 통통했다. 차 림새나 나누는 이야기로 미루어 짐작하면, 새벽 청소 일을 나가는 길인 듯했다.

　개를 데리고 다니는 부인의 품에는 언제나 혀를 내

민 채 헥헥거리는 흰색 스피츠가 있었다. 모두에게 반가운 그 손님은 주인의 품에서 나와 꼬리를 흔들며 실내를 돌아다니기도 했다. 아무도 개를 불쾌해하지 않았고, 화인 역시 마찬가지였다. 세 부인은 옥수수나 씻은 포도, 고구마 등을 락앤락에서 꺼내어 서로 나눠먹기도 했다. 어느 날은 보온병에 담긴 차를 가까이에 있는 화인에게도 권했다. 첫차의 분위기에서는 무척 자연스러운 행동이었다.

칸과 칸을 연결하는 문이 열리며 때아니게 클래식 음악이 울려퍼졌다. 어느 이동상인이 끄는 카트의 소형 스피커에서 나오는 소리였다. 슈베르트의 〈아베마리아〉나, 바흐의 〈무반주 첼로 모음곡〉과 같은 음악이 부드럽게 실내를 채우는 동안 이동상인은 그날의 첫 판매를 위해 허리를 잔뜩 굽힌 채 물건을 정리했다.

화인은 카트가 지나갈 때마다 길을 터주었다. 이동상인이 키 110센티미터에 지나지 않는 꼽추라는 사실을 알게 된 이후로는 물건을 샀다. 쿨링 패드, 기능성 허리밴드, 콧털깎이, 콘돔 등 쓸 일이 없을 물건이었다. 화인이 돈을 건넬 때 이동상인은 굽은 등을 더 굽히며 고마움을 표시했다. 때로는 덤이라며 공짜 물건을 챙겨주었다. 첫차에서 하루를 시작하는 분들 모두에게 축복이 갈 겁니다! 말하고는 앞니가 몽땅 빠진 탓에 잇몸만 검붉게 드러나는 미소를 지어 보이는 것이었다. 좌석에 순서대로 앉은 작고 통통한 편인 세 부인, 그리고 그 옆에 앉아서 은테 안경 사이로 영자신문을 바라보는 양복 차림의 사내와 애매하게나마 눈인사를 나누게 된 것도 그즈음부터였다.

은테 안경의 남자는 화인이 탄 다음 역에서 전철에 올랐다. 열린 문으로 들어서는 순간마다 어떤 익숙한 냄새를 찾듯 실내를 둘러보았고, 가까이에 있는 작고 통통한 편인 세 부인은 제쳐두고 화인만을 향해 살며시 미소 지었다. 첫차의 시간은 그런 식으로 흘렀다. 한가롭다면 한없이 한가로운 시간이었다.

그날도 화인은 으레 까다로운 고객을 만났고, 만취상태였다. 실장의 요구에 따라 고객을 호텔까지 배웅한 다음이었다. 큰돈을 만지게 된 것에 안도했지만 언제나처럼 목이 말랐다. 답답증이 일었고, 도저히 못 살것 같았다. 화인은 비타민 음료를 땄다. 벌컥벌컥 음료를 들이켰다.

마지막 한 방울까지 입에 다 털어넣은 후에야 혹시 예상치 못한 성분이 섞여 있을지 모른다는 생각이 뇌리를 스쳤다. 나쁜 뭐라도 탄 거였으면 어떡하지, 하는 걱정이었다. 매듭 끝의 로고, 부엉이의 큰 눈동자가 신경쓰였다. 기우일 뿐, 비타민에는 아무런 이상이 없었다.

화인은 주홍의 흑백영화에 대한 애착을 어느 정도 이해할 수 있었다. 몸과 마음을 한껏 내맡길 수 있는 시간은 쉽게 찾아오는 게 아니었다. 아무 생각을 하지 않아도 좋았고, 어떤 생각을 하더라도 마음이 무거워지지 않는 시간. 딱히 하나의 조건이 아닌, 여러 상황과 질서가 맞물려야만 탄생되는 시간이었다. 규칙적인 열차의 덜컹임, 실내를 오가는 차분한 발걸음, 새벽길의 한숨과 여유, 하루가 시작되기 전의 미미한 열기. 두 정거장에 불과한 지하철의 이동은 그렇게 화인을 사로잡았다.

종내에는 순환 열차를 타고 한 바퀴 빙 둘러서 목적지에 내리는 일도 생겼다. 지하철이 이동하는 동안 머릿속에 이상한 공상이 솟아올라 마치 자신이 시한부 환자가 된 것 같았고, 출입문 사이를 지나는 사소한 발걸음이나 차분히 내릴 때를 기다리는 누군가의 일상적인 모습이 눈부시게 여겨지는 것이었다. 어디선가 강물이 흐르고, 언덕 위에서는 염소가 풀을 뜯고 목동이 피리를 불고 있을 것 같은 착각이 일 때도 있었다.

순환선에서는 방향마저 중요하지 않았다. 시곗바늘을 거꾸로 돌리듯 두 정거장을 뺀 나머지 억들을 밟아서 목적지에 다다를 수 있단 뜻이었다. 기다리기만 한다면 어떻게든 목적지에 이른다. 그 점이 강하게 화인의 마음을 당겼다. 첫차의 한산함이 사라지고 조금씩 사람들이 붐비기 시작할 즈음, 화인은 다시 자기 자신을 뽑아내듯이 지하철 밖으로 나왔다. 모두 영화 티켓을 받기 전까지의 일이었다.

티켓은 모두 다섯 장이었다. 앞면에는 영화 제목, 상영 일자, 시각과 함께 릴리언 기시, 클라라 보, 메리 픽퍼드, 그레타 가르보 등의 출연 배우의 이름이 쓰여 있었다. 뒷면에는 '무성영화 시대의 여배우들'이라는 문구와 좌석 넘버, 극장의 약도가 그려져 있었다. 화인도 언젠가 지나간 적이 있는, 붉은 벽돌로 지은 예술영화 전용극장이었다. 좌석은 극장 맨 뒷열의 오른쪽 후미진 자리였다. 회고전 기간은 5일, 하루에 티켓 한 장인 셈이었다.

티켓을 건네주자 주홍은 뛸 듯이 기뻐했다. 혹시나 하는 마음이 없지 않았지만 화인으로서도 뜻밖의 일이었다. 그도 그럴 것이 주홍은 집밖으로 나가는 걸 과히 좋아하지 않았다. 특히 낮 외출을 꺼려했다. 낮에는 일어설 기력조차 없다며 현관문 비밀번호를 알려준 일을 봐도 쉽게 알 수 있는 사실이었다.

비타민 음료 때처럼 이번에도 화인은 티켓을 건넨 이를 보지 못했다. 그날도 화인은 으레 까다로운 고객을 만났고, 만취상태였다. 실장의 요구에 따라 고객을 호텔까지 배웅해야 했다. 나라시에 올라 곧바로 집에 가도 좋았을 테지만, 그녀는 기어이 전철을 찾았다. 선로를 따라 순환하면 언젠가 목적지에 이르리란 생각이었다.

특이한 것은 그날 화인이 최초로 좌석에 앉았다는 거였다. 주로 노년층이 많아서이기도 했지만 마음이 편치 않은 관계로 화인은 이제껏 출입문 근처에 서 있기만 했던 참이었다. 좌석에 자리를 하게 되는 순간 지진이라도 일어날 듯한 두려움이 분명 있었다. 어떤 이

질감, 오래 대중교통을 이용해오지 않은 이유와도 연관이 있는 두려움이었다. 막상 자리에 앉았을 때는 아무 일도 일어나지 않았다. 온몸이 노곤해지면서 눈이 감겨왔을 뿐이었다. 눈앞이 잠깐 캄캄했던 사이에 일이 벌어졌다.

흠흠, 어딘가에서 헛기침 소리가 들려왔다. 화인은 눈을 떴다. 객차의 풍경은 여전했다. 덜컹덜컹, 열차가 일정하게 흔들리고 있었다. 나비 모양의 안경을 쓴 부인, 빨간색 장갑을 낀 부인, 그리고 개를 데리고 다니는 부인이 반대편에 나란히 앉아 있었다.

〈아베마리아〉가 다른 칸에서부터 울려퍼졌다. 이동상인이 카트를 끌며 지나갔다. 어떤 낯선 느낌 때문에 시선을 내리자 무릎에 두터운 봉투 한 장이 떨어져 있었다. 누군가 어려운 사연을 적어서 도움을 구하는 글일까, 아니면 지나가던 승객 한 명이 실수로 떨어뜨린 것일까, 이런저런 생각을 하는 사이, 이동상인이 갑자기 카트를 멈추었다. 상인이 말했다. 아까 주무시는 사이 어떤 남자분이 두고 갑디다, 헤헤.

그때까지 참아왔던 듯 작고 통통한 편인 세 부인이

웃음을 터뜨렸다. 어떡해, 선물인가봐. 개를 데리고 다니는 부인이 소리쳤다. 아가씨가 참 곱다 싶었어. 매일 아침 어디로 가는지 나도 궁금했다니까. 빨간 장갑과 나비 모양 안경을 쓴 부인이 말을 이었다. 다른 승객들의 관심이 화인에게로 쏠렸다. 헥헥, 부인의 품에서 흰색 스피츠가 혀를 내밀고 호흡을 빨리하는 소리가 들렸다. 당황의 기운이 화인의 귓불까지 붉게 물들였다.

살짝 들여다본 봉투 안에는 예의 그 영화 티켓 다섯 장이 들어 있었다. 화인은 특정한 단서를 찾아내려는 형사처럼 천천히 주위를 한번 둘러보았다. 달라진 것은 작고 통통한 편인 세 부인 옆에 있어야 할 은테 안경의 남자, 영자신문을 읽던 그 남자가 보이지 않는다는 정도였다.

흥분한 건 오히려 이동상인이었다. 상인은 세 명의 부인을 향해 자신이 이 아가씨에게 본을 받고 있다는 말을 늘어놓았다. 아침을 여는 부지런함이 몸에 밴 젊은이에게라면 누구든 호감을 가질 수밖에 없다는 것이었다. 맞는 말이라며 세 명의 부인도 맞장구를 쳤다. 자기 힘으로 땀 흘리며 쭉 열심히만 하면 밝은 길이 열릴 거란 말을 남기며 이동상인은 꼽추 특유의 구부정한 걸음으로 유유히 자리를 떴다.

주홍은 한입 베어먹은 치즈 조각을 내려놓았다. 한 잔 가득 담긴 에스프레소를 옆으로 치웠다. 상영일이 오늘부터였다. 화인은 영화보다 주홍에게 바깥출입을 하게 한 점이 기뻤다. 주홍은 같이 가주기를 원했지만 극장에 몇 시간 앉아 있는 일이 화인으로서는 아찔했다. 더욱이 주홍과 바깥에서 나란히 서는 일은 두려운 것이었다.

주홍에게 티켓을 보여준 데는 자랑하고 싶은 마음 없지 않으리, 하고 화인은 추측했다. 고객에게 받는 선물이나 찬사와 지하철 안에서 그런 식으로 주어지는 메시지는 다른 것이었다. 주홍에게도 그랬을 테지만 예쁘다, 섹시하다, 아름답다는 고객의 언어들은 기실 죽은 것들이었다. 반면에 비타민 음료나 영화 티켓은 그 가치가 하잘것없더라도 살아 있는 것처럼 느껴졌다. 첫차가 안긴 방심에서 비롯된 착각일 가능성이 농후했으나 화인은 그렇게 믿고 싶었다. 매력 있는 건 자신도 마찬가지라고, 아직 충분하다고 주홍에게 확인받길 원했다.

레이스가 화려한 흰색 속옷을 주홍은 더블베드 위에 걸쳐두었다. 오버나이트 패드를 방금 붙였으니 돌아와서 다시 입을 거라며 새 속옷을 꺼내들었다. 이번에도 기막히게 생리주기가 화인과 겹친 셈이었다. 서로를 끌어안고 맨가슴을 포갠 채 잠을 자는 습관이 그 주기 동안은 일어나지 않았다. 화인은 그것이 늘상 아쉬웠다.

외출 채비를 마친 주홍은 또래 20대 여성과 다른 점이 없었다. 까르띠에 시계 하나만 금빛으로 반짝였을 뿐, 막 샴푸를 마친 새까만 머릿결, 데님 바지와 민무늬 셔츠의 조화는 산뜻 발랄했다. 지하철 안에서 화인 자신 또한 그와 비슷하게 비쳤을지 몰랐다. 차이가 있다면 젊고 청순한 정도였다.

숱한 사람들, 화려하게 디자인된 빌딩, 알록달록한 상점의 조명 가운데서도 군계일학으로 예뻐 보이는 어린 주홍. 부자 동네의 도로 양쪽에 주차된 포르쉐, 메르세데스 벤츠, 아우디, 벤틀리 등의 차종들은 레드카펫을 걷는 주홍에게 박수를 보내는 세련된 군중들 같았다. 아름답구나, 번화가에 섞여든 주홍을 목도한 순간 화인은 거의 짜증을 느꼈다. 평소에 느끼던 애틋한 마음이 일순간에 사라졌다. 왜 그렇게 화가 치미는지 알 수 없었다.

너, 생리할 때는 나한테 연락하지 마, 서로 피 냄새 풍길 필요는 없잖아. 화인은 씹어뱉듯 말하고는 주홍 옆에서 떨어져나왔다. 너가 죽으면 나도 죽어, 그럴 바엔 차라리 둘 중 하나가 없어져버리면 어떨까, 그런 악의적인 욕구가 차오르면서 그애를 더는 보고 싶지 않다는 생각마저 드는 것이었다.

더는 주홍처럼 어려질 수 없다, 아무리 가까이 다가선들 그애처럼 될 수 없다, 가족이랄 수도, 연인이나 친구라고도 부를 수 없는 애매모호한 관계에도 진력이 난다. 머릿속에 두서없이 그런 문장이 차올랐다. 화인은 눈을 붉히고 주홍을 바라보았다. 사정을 아는지 모르는지 놀이터에 처음 가보는 유치원생처럼 영화 티켓을 든 채 주홍은 들떠 있었다. 언니가 좋았어요, 라고 읊조리던 LA에서처럼. 그것이 주홍의 마지막 모습이었다.

그 시기 화인이 읽은 어느 인터넷 게시판 글에는 다음과 같은 글이 쓰여 있었다. 다른 것들에 비하자면 비교적 얌전한 그 표현이 오래 화인의 망막에 어렸다.

개네들 생머리하고 화장 싹 지운 다음, 얌전한 청바지에 흰 티셔츠 입고 오빠, 오빠 하면 누가 그런 애들인지 알겠어요. 남성분들 정말이지 조심해야 합니다. 인생 망치고 싶지 않으시면 우리들처럼 먼저 나서야 합니다. 뻔뻔스레 일반인인 것처럼 나오니 다른 방법 없잖아요.

주로 젊은 여성들의 사진과 영상이 게시되는 그 사이트를 소개해준 것은 물론 고객 중의 한 명이었다. 화인이 LA로 떠나기 전, 가중처벌 요건을 피력하며 도망치기를 권한, 한때의 애인이자 오랜 고객인 검사였다. 신분증을 맡기고 들어간 검찰청은 어느 관청과 다르지 않았다. 책상 위에 뭉치째 쌓인 종이들을 빼면 그랬다.

불규칙한 산맥처럼 곳곳에 서류 뭉치들이 더미를 이루고 있었다. 계장님, 공소 내용, 관련 증거, 자료 수집, 피의자 등의 말들이 검사의 입에서 바쁘게 오르내렸다. 전화벨소리가 끊이지 않았다. 쉴 틈이 보이지 않는, 새벽의 지하철과는 비교할 수 없는 부산함이 그곳에 있었다.

몇 년 만에 마주한 검사는 화인이 묻는 말에 답하지

않았다. 지금 담당하고 있는 사건만 수십 개에 달한다며 미친년 달래듯이 빤한 말을 늘어놓았다. 가족이 아닌 자는 실종신고를 하지 못한다는 것, 주홍의 주민등록 자체가 말소된 상태라 현재로서는 방법이 없단 것. 여러 신문사와 관청에서 화인이 확인한 바였다. 우선은 기다려보라는 말, 정확한 이름이나 나이도 모르면서 뭘 어쩌자는 거냐는 핀잔도 똑같았다. 모르는 사람이 준 티켓을 넙죽 받는 것부터가 이상하지, 그걸 왜 아낀다는 동생한테 줘, 라며 검사는 짜증을 냈다.

한때 애인이자 오랜 고객인 검사 양반은 사정을 알아주지 않을까. 비록 교통사고였지만 아내와 딸을 잃은 일을 두고 1년 이상은 화인과 잔을 주고받던 그가 아니었는가. 하지만 검사는 일터까지 찾아온 화인을 이해하지 못하겠는 듯 노려보았다. 며칠째 소식이 되지 않는다, 문자나 메신저도 못 보는 듯하다, 집안을 샅샅이 뒤졌는데 다른 흔적이 없다, 아무래도 누군가에게 몹쓸 일을 당한 것 같다. 지난 몇 주일 동안 수십 번은 입에 담은 말들이 화인의 입가에서 시위가 당겨진 화살처럼 팽팽하게 감돌았다. 말이 되지 못한 생각이 눈물 줄기가 돼 뺨을 타고 흘러내렸다.

검사는 우는 화인을 다른 사무실로 인계했다. 그곳에서 계장이라 불리는 이가 뭔가를 깜빡할 뻔했다는 표정으로, 그렇지 않아도 검사님께서 전화를 하라던 참이었다며 한 인터넷 사이트 주소를 가르쳐주었다. 이런저런 관청과 여성단체들이 누누이 인권과 사생활 침해를 거론하며 사이트 폐쇄를 주장했지만 계장의 말 대로라면 운영자가 검은 머리 외국인인 동시에 해외에 서버를 둔 관계로 막을 길이 없다는 것이었다. 알아서 확인하라는 듯 모니터를 켜둔 채 계장은 자리를 비웠다.

주홍과 관련된 무슨 단서를 찾을 수 있을 거란 기대감 때문에 화인은 재빨리 모니터를 들여다보았다. 하지만 숨부터 막혀왔다. 손끝까지 떨렸다. 알몸 사진, 심지어 노골적인 성행위가 담긴 동영상이 실시간으로 오르는 사이트였다. 몇 번 클릭을 해보며 둘러보는 사이 어느 게시판이 눈에 띄었다. 직업여성란. 여러 여성들의 개인 사진과 신상으로 도배하다시피 돼 있는 게시판이었다.

계장이 미리 링크를 걸어둔 게시글 제목은 새벽의 여신, 이었다. 자극적인 제목과 달리 게시 내용은 특별

한 것이 없었다. 여자의 가슴을 상징하는 듯한 그래픽
이 맨 위에 떠 있었다. 그다음은 주로 지하철 내부를 찍
은 사진에 지나지 않았다. 출입문이 있고, 복도 양옆으
로 좌석이 늘어서 있었다. 화인에게도 익숙한 풍경이
었다. 사진을 넘기는 사이 붉은 혀를 내민 채 실내를 돌
아다니는 흰색 스피츠가 눈에 띄었다. 얼마 지나지 않
아 작고 통통한 편인 세 부인이 좌석에 앉아 있단 사실
까지 알아차렸다. 모자이크 처리가 돼 있었지만, 자세
히 보니 은테 안경을 쓴 남자의 자리에서 찍으면 알맞
을 것 같은 각도였다. 댓글들로 보아 회원만 볼 수 있는
사진이 따로 있는 것 같았다. 글은 수십 개나 됐다.

　이분 알아요. 항상 3-4번 출입문 쪽에 서 있는 분 아
닌가요. 저도 봤어요. 유명하죠. 아침의 천사, 출근시
간의 요정, 한마디로 예쁘신 분이에요, 새벽 출근길에
상큼한 힘입니다. 사진은 어떻게 확인하나요. 회원 가
입하고 로그인만 하시면 됩니다. 바로 보여요. 오, 미
인이네요. 작업 거실 분 많을 듯. 누가 얼마 전에 비타
민 건네는 거 목격했습니다. 받아서 먹는 것까지 확인.
정말 쪽쪽 빨아드셨음. 흰 티셔츠에 청바지 차림이라
도 딱 보면 티가 나는 것 같은데 아닌가요. 맞아요. 저

도 봤는데 진한 향내며 이래저래 풍기는 색기가 남다릅니다. 가끔 술냄새도 풍겨요. 신상 인증 완료. 회원분 중에 일하는 데서 직접 봤다는 분이 있었습니다. 아니나다를까, 패션모델 출신의 텐프로랍니다, 원래 나이는 스물아홉 살인데 속여서 스물다섯 살, 중졸에 10대부터 대마초와 필로폰 상습 투약(전과자란 뜻이죠), 이름은……. 아아, 아침마다 정말 짜증납니다, 향수 냄새 너무 심해요. 얼굴과 몸매로 보면 돈은 충분히 벌겠군요. 저도 3번 칸으로 가야겠네요, 주위에도 막 추천중. 누가 그년 좀 안 말려주나요. 왜 하필 첫차를 타는 건지 이해할 수 없습니다. 안 그래도 새벽 출근길이라 힘든데 하루일 시작하기도 전에 술이나 향수 냄새 장난 아니니, 꼭 사람들 발정 일으키려고 작정한 것 같아요. 죽여버리고 싶어.

자리를 비웠던 계장이 커피 두 잔을 들고 사무실에 돌아와 있었다. 계장이 커피를 내려놓았다. 모니터에서 뜯겨져나오듯 화인은 휘청거리며 몸을 일으켰다. 머릿속이 암흑이 된 것처럼 검게 지워지고 있었다. 주홍.

영사기는 이상 없이 잘 돌아갔다. 영화 한 편당 필름 네, 다섯 롤이 필요했다. 필름은 소리 자체가 배제된 오래된 것이었다. 달그락거리는 소리와 함께 영사막에 빛이 번졌다. 어두운 방이 밝아졌다. 레이스가 화려한 흰색 속옷이 빛을 반사하며 드러났다. 오버나이트 패드 가 그대로 붙어 있었다. 한입 베인 치즈 조각, 식어버린 에스프레소 역시 주홍이 떠나던 순간과 똑같았다.

이미 오래전에 세상에서 자취를 감춘 자들이 필름막 너머에서 되살아났다. 들리지 않는 그들의 말, 뜻을 알 수 없는 그들의 눈빛을 화인은 유심히 바라보았다. 주 홍이 돌아오지 않은 지 6개월이 지났다. 실장은 주홍 이 선불금을 들고 도망쳤을 거라며 화인을 닦달했다. 제발 그랬으면 좋겠으니까 화인은 실장의 배후 조직이 주홍을 찾아주기를 바랐다.

시간을 두고 각기 다른 사채업자들이 화인을 찾아 왔다. 모두 주홍의 보증인인 화인을 채근했다. 한번 시 기를 놓치면 돌이킬 수 없다는 듯 그들은 전에 없이 날 카로웠다. 주방용 냉장고, 터키산 카펫, 영국산 앤티크 소품들, 추상화 몇 점, 조명기구, 안락의자 커버와 커 튼 등의 청구서가 화인에게로 날아들었다. 화인이 약을 다시 찾기 시작한 것도 같은 무렵이었다. 향정신성 의약품을 찾는 이들은 업계 도처에 널려 있었다. 법망이 거르지 못한 신종 약물을 구하는 건 어려운 일이 아니었다.

그러던 어느 날이었다. 그날도 화인은 으레 까다로운 고객을 만났고, 만취상태였다. 실장의 요구에 따라 고객을 호텔까지 배웅한 다음이었다. 차가 막 가속도를 붙이려는 찰나, 화인은 나라시 기사에게 던지듯 요금을 건넸다. 이번에도 기사가 고개를 돌려 화인을 물끄러미 바라보았다. 하지만 차를 멈추지는 않았다. 요금을 받지 않아도 좋으니 우선 집에 들어가도록 돕고 싶다고 기사가 말했다. 안타까운 눈빛이었다. 그 눈빛이 화인을 격앙시켰다. 5분 이상 실랑이가 벌어졌다. 화인은 기사의 뺨을 몇 차례 때렸다. 기사 역시 지지 않고 화인의 얼굴에 침을 뱉었다.

지하철 출입구를 향해 성큼성큼 걸어갔다. 무단횡단을 하는 사이 신발 한쪽이 벗겨졌다. 뭐야, 저기 저 여자 좀 봐. 지나는 사람 사이에서 수군거림이 잔물결처럼 일어났다. 아예 벗고 다니지. 또 다른 목소리가 들려왔다. 스크린도어에 비친 제 모습을 본 뒤에야 화인은 아차, 싶었다.

현기증이 일어났다. 장례식장에 들어온 파티복장의 사람이 따로 없었다. 뭇시선 앞에 발가벗고 나선 것만 같았다. 옷이 문제였다. 화장이 문제였다. 붉은 립스틱을 바른 입술은 윤기가 흘러내렸다. 분장을 마친 배우처럼 파우더가 얼굴과 목 가득 희게 덧대어져 있었다. 머리칼은 검은 풀물을 먹인 듯 새까맸다. 가슴골이 파이고 등이 훤히 드러난 초미니원피스는 허벅지 부분에서 골반까지 일직선으로 찢어져 있었다.

첫차 시간대가 아니었다. 승객 대부분은 말쑥한 정장 차림의 남녀들이었다. 과로의 탓인지 얼굴이 퉁퉁 부어 있었고 표정에는 출근 직전의 초조감이 배어 있었다. 발걸음과 몸짓은 다급했다. 은테 안경을 쓴 슈트 차림의 사람이 간간이 눈에 띄었다. 화인은 별안간 작고 통통한 편인 세 부인 옆에 앉아 있던 은테 안경의 남자를 떠올렸다.

주홍의 실종과 연관된 사람을 떠올리자면 언제나 그가 먼저 떠올랐다. 돌이켜보면 자신에게만 인사를 건넬 이유가 딱히 없었다. 그 예사롭지 않은 눈빛, 화인이 화답할 때까지 거두지 않던 미소 또한 어떤 집요한

뜻을 담고 있는 것처럼 여겨졌다. 인터넷 사이트에 화인의 사진을 올린 사람이 그라면. 비타민을 건넨 사람도, 영화 티켓을 건넨 사람도 그라면. 의심을 거두기 어려웠다.

화인은 몸을 부비면서 사람들 틈에 자리를 잡았다. 그렇듯 출근 시각의 전철은 지옥이 따로 없을 정도였다. 공기는 혼탁했고, 첫차와 달리 분위기는 무겁게 가라앉아 있었다. 한편 화인은 그 많은 이들이 반가웠다. 이렇게 많은 사람 사이라면 자기 얘기가 충분히 전달될 것 같았다.

정거장 한 곳을 통과하자 공간에 여유가 좀 생겼다. 화인은 결심한 듯 몇 달 전부터 몸에 지니고 다닌 실종 전단을 꺼내었다. 고개를 들었다. 뭔가 조금 이상했다. 승객들은 길이 열리듯 조금씩 화인으로부터 멀어지는 것 같았다. 얼마 떨어진 곳에서는 콩나물시루처럼 빽빽하게 사람들이 몸을 맞부딪치며 신음하고 있었다. 화인은 주홍의 사진과 실종 당시의 특징이 적힌 전단을 내들었다. 키 169 몸무게 45, 작고 갸름한 얼굴형, 어깨까지 내려오는 생머리, 6개월 전 집을 나감, 익명의 누군가가 건넨 영화 티켓을 받아 극장에 갔음, 이후 지금까지 연락두절.

저, 여기 좀 봐주세요. 마음으로 뱉을 뿐 입 밖으로 말이 잘 나오지 않았다. 헛기침이 몇 차례 터져나왔다. 이상스런 한기가 느껴졌다. 어느덧 일정한 거리에 남은 이들은 대부분 남자였다. 검은 마스크 가운데 부엉이 로고가 새겨진 남자가 가장 가까이 있었다. 여자들은 차라리 전철에서 내리겠다는 듯 화인으로부터 거리를 두고 있었다. 화인은 전단을 조금 더 앞으로 내밀면서 배에 힘을 주었다. 그 순간 날카로운 소리가 어딘가에서 들려왔다. 삐걱삐걱 전차가 흔들렸다. 실내를 밝히던 형광등이 깜빡거렸다. 이윽고 전철이 멈춰 섰다.

정전이었다. 캄캄했다. 아무것도 보이지 않았다. 시간이 정지된 것처럼 고요가 찾아왔다. 승객들의 웅성거림이 시작됐다. 눈앞에 손을 들어보았지만 느낌뿐 주위는 새까만 암흑뿐이었다. 익숙한 불안이 밀려왔다. 안내방송이 들렸다. 전선 이상으로 잠시 열차에 문제가 생겼습니다. 불편함을 끼쳐 대단히 죄송합니다. 방송은 몇 차례 반복됐다. 그때마다 암흑이 한층 더 짙어졌다. 수군거림과 웅성임이 계속해서 커졌다.

얼마 지나지 않아 만원 전철 안에 체취와 땀냄새가

진동했다. 거기 밀지 마요. 제발 밟지 마요. 암흑의 장벽 속에서 불평과 불만이 쏟아졌다. 작은 균열 하나가 예기치 못한 폭발을 일으키는 참혹한 도화선이 될 것 같은 위태로운 분위기였다. 이대로면 지각이야, 지각. 어느 순간 출구를 찾듯 인파가 우왕좌왕 밀려다녔다. 화장실, 화장실이 급해. 밀지 마, 밟지 마, 비명이 터졌다. 씨팔, 개새끼들이 어디서 성추행이야, 어디 몸 파는 년한테 가서나 그래. 날카로운 절규가 이어졌다.

얼른 몸 파는 년한테 가라고. 다시 한번 절규가 이어졌다. 그 소리를 기점으로 열차 안이 술렁거리기 시작했다. 심상치 않은 분위기였다. 새까만 어둠 속에서 야광빛 부엉이가 화인 주위에 궤적을 남기고 있었다. 부엉이의 야구공만한 눈동자가 화인을 주시하고 있었다. 눈앞에 흉기가 들어선 것처럼 화인의 몸이 움츠러들었다. 화인은 미니원피스를 아래로 힘껏 편 다음 팔짱을 껴서 가슴을 가렸다. 다리를 오므렸다. 목선과 어깨, 허벅지에서 발목까지 드러난 살결에 오소소 소름이 돋았다. 화인은 구석을 찾아 이동하기 시작했다. 좀전까지 공간의 여유가 있었다. 한데 어둠 속을 더듬거리자마자 어딘가에 몸이 부딪쳤다. 쿵쿵, 누군가 콧김을 뱉어냈다. 오, 냄새 죽이는데, 걸걸한 목소리가 들렸다.

얼음을 쥔 듯 손끝이 싸늘했다. 잠시 아무 생각도 할
수 없었다. 곧이어 야광 부엉이가 코앞까지 들이쳤다.
형광빛 맹금류의 큰 눈동자와 날카로운 발톱이 화인을
몸을 죄어드는 것 같았다. 형광등이 다시 깜빡거리기
시작했다. 까맣던 실내가 잠시 밝아졌다. 열차가 앞뒤
로 흔들렸다. 곳곳에 안도의 한숨이 번져갔다. 지하철
이 다시 움직일 듯했다. 하지만 바닥에서 날카로운 쇳
소리가 한 번 더 울렸다. 지하철이 다시 멈춰 섰다. 정
전이 이어졌다.

이 어둠을 기다렸다는 듯 사방의 열기가 화인의 몸
을 밀었다. 서서히 밀려오기보다는 짐승을 포획하는
사냥꾼의 발걸음인 듯 질서정연한 움직임이었다. 화인
은 손을 휘저으며 밀려오는 살덩이를 밀어냈다. 그럴
수록 열기는 한층 더 완강하게 화인을 밀어붙였다. 숨
이 막혀왔다. 핑, 머릿속이 아찔하게 흐려졌다. 화인은
그대로 정신을 잃었다.

까악, 꿈에서 깨어나듯 뒤늦은 비명이 터졌다. 정신
을 차리고 보니 어느 좌석에 반쯤 몸을 걸치고 있었다.

머리칼이 눈을 가려 앞이 보이지 않았다. 어딘가에서 통증이 밀려왔다. 수도꼭지를 튼 것처럼 아랫배 부분에서 물컹, 하고 뭔가가 쏟아졌다. 그것이 피인지 오줌인지 화인은 확인하려 하지 않았다. 압박을 견뎌내는 사이 생리가 시작된 것일까. 원인 모를 하혈이 또 한번 시작된 것인지도 몰랐다. 얼마나 시간이 지났을까. 순환 열차는 여전히 이동중이었다. 종착역 없이 무한정 반복되는 흐름이 화인에게 얼마간 안도감을 주었다.

어째서 더 저항하지 못했을까. 왜 주위에 도움을 청하지 못했을까. 남의 몸을 함부로 농락해선 안 된다고 말하지 못했을까. 객차 안은 텅 비어 있었다. 텅 빈 실내를 바라보는 동안 구역질과 함께 느닷없는 울음이 터졌다. 그 첫 직장 대표가 밝히는 개새끼만 아니었다면, 아빠가 살아 있었더라면, 엄마가 제때 투석치료만 받을 수 있었다면, 스무 살이 되기 전에 마음에 드는 원피스를 한 번이라도 입어봤다면, 하다못해 구두 한 켤레, 티셔츠 한 벌이라도 그래봤다면, 애초에 주홍을 만나지 않았다면, 그랬다면⋯⋯.

칸과 칸 사이를 이동하는 사람마다 화인을 힐끔거렸다. 얼마 지나지 않아 소식을 들은 모양으로 역무원이 화인의 곁에 섰다.

음마, 이것 좀 보소. 요것이 원래 의자 색깔이 아니네요잉. 아가씨, 아래쪽 좀 봐요. 거기서 지금 피가 나요. 화인이 대답이 없자, 역무원이 무전기에 대고 뭐라뭐라고 외쳤다. 전철이 다음 역에 멈춰 섰다.

당장 여기서 내리십시다. 역무원이 화인을 다독이며 부축할 태세를 했다. 몇 명의 승객이 올라탔다. 은테 안경의 슈트 차림 남자들이었다. 화인은 자리에 굳어지기라도 한 것처럼 앉은 자세를 유지했다. 역무원이 주위에 대고 말했다.

여기, 좀 도와주실 분. 승객들이 화인에게 시선을 보냈다. 한 사람, 두 사람이 일어서 화인의 곁에 다가왔다. 그들의 그림자가 화인 위에서 짙어졌다. 경찰에 연루되면 약물검사를 피할 수 없을 거였다. 하지만 가중처벌만이 이유는 아니었다. 어쩐지 이곳에서 한 발자국도 물러서고 싶지 않았다.

내리기까지 두 정거장이면 됐다. 내릴 역을 놓치더라도 기다리면 출발점으로 되돌아갈 수 있었다. 그와 같은 흐름에 몸을 맡겨야 했다. 오래전부터 제자리로 돌아가기만을 소망했다는 사실을 별안간 깨달은 것인지 몰랐다. 화인은 좌석 모서리를 꼭 부여잡았다. 집터를 내줄 수 없는 철거민처럼 완강하게 다리에 힘을 주었다.

긴장을 깨뜨리며 〈아베마리아〉의 한 소절이 이어졌다. 카트에 가득 실린 우산이 보였다. 이동상인이 걸어왔다. 첫차에서 만나던 꼽추 이동상인이었다. 화인은 역무원의 결박을 풀어내며 첫차에서 그랬던 것처럼 이동상인을 향해 인사를 보냈다. 이동상인이 눈을 들어 화인을 쳐다보았다. 앞니 없이 잇몸만 붉은 입이 동그랗게 벌어졌다. 이동상인이 천천히 다가왔다. 화인은 다급히 상인을 붙잡고 소리쳤다.

친구, 가족과는 오래전에 연락이 다 끊어졌대요. 동생은 저를 좋아한다고 했어요. 청바지와 흰 셔츠 차림으로 집을 나갔어요. 갑자기 사라졌어요. 영화 티켓을 건네는 게 아니었어요. 지금 어디서 뭘 하고 있는지 몰라요. 이전에 다른 동생도 그랬어요. 언니도 그랬고요. 형사들은 죽었대지만 믿지 않아요. 그건 엉뚱한 사람이 분명해요. 그 벌거벗겨진 시체가 얼마나 끔찍했는지 몰라요. 두 손은 브래지어로 묶이고 다리가 양쪽으로 쫙 벌어져서는, 아아, 너무 끔찍했어요. 여기 그 범인이 타고 있을 거예요. 동생 오른손에 은테 안경이 쥐여져 있었대요. 살인자 말이에요. 아저씨도 본 사람이에요. 영자신문을 읽는 남자요. 그 살인자 좀 제발 잡아주세요. 우리 동생 좀 돌려주세요.

역무원과 이동상인이 서로를 바라보았다. 바로 구급대를 불러야 할 것 같습니다. 역무원이 말했다. 얼마 후, 무전 신호를 받은 역무원이 급히 자리를 비웠다. 그때까지 화인을 바라보고 있던 꼽추 이동상인이 우산 하나를 꺼내들었다. 우산을 펼쳐 화인의 몸을 가리려는 듯싶었는데 갑자기 우산대가 화인의 머리에 내리꽂혔다. 탕탕탕. 연이은 충격이 화인의 머리를 내리쳤다. 허리를 뻗친 꼽추의 키가 갑작스레 커졌다.

이때까지 당한 거였어. 열심히 사는 아가씬 줄 알았는데 완전히 속았어. 새파란 년이 남자 물건만 살 때부터 알아봤어야 했는데. 니가 준 더러운 돈 다 가져가. 이 창녀야.

이동상인이 지갑에 손을 넣었다. 꼬깃꼬깃 접히고 테두리가 해진 천 원짜리 지폐 뭉치가 비어져나왔다. 낡은 지폐를 내던지는 몸짓이 격했다. 그 탓에 꼽추 이동상인의 카트가 쓰러졌다. 우산 더미가 바닥으로 좌

르르 쏟아졌다. 버튼 부위가 불량인지 바닥 떨어진 색색의 우산이 폭죽 터지듯 퍽퍽 펼쳐지기 시작했다. 화인이 황망한 시선을 보내는 동안 이동상인은 되는 대로 우산을 들어서 화인을 내리쳤다.

감히 너 같은 게 내 일터에 와 물을 흐려, 열심히 사는 사람 엿 먹이는 년들은 아주 혼쭐이 나야 돼. 지켜보던 몇 사람이 펼쳐진 우산 사이로 뛰어들어 꼽추를 뜯어말리기 시작했다. 화인이 쥐고 있던 주홍의 전단 수백 장이 우수수 쏟아졌다. 이거 봐, 저년 웃는 거 봐, 동정할 필요도 없어, 아랫도리에 피 흐르는데 창피한 줄도 모르고, 죽여버릴 거야.

미소를 지어 보이던 화인의 머리칼이 꼽추에게 낚아채였다. 낡은 지폐와 전단이 깔린 바닥으로 몸이 내동댕이쳐졌다. 화인은 눈을 쳐들었다. 희미한 시선 사이로 꼽추와 그를 말리는 사람들이 입을 벙긋거리고 있었다. 찢겨진 주홍의 실종 전단이 마른 낙엽처럼 바닥 구석구석 흩어져 있었다.

화인은 눈을 감았다. 갑자기 사방이 쥐죽은듯 조용했다. 우윳빛 액체가 차오르듯 머릿속이 새하애졌다. 캄캄한 밀실 어딘가에서 영사기가 돌아가는 소리가 들려왔다. 텅 빈 도화지 같은 풍경을 비비며 곳곳에서 빛이 번져들었다. 색색의 빛에서 탄생한 이국의 풍경이 하나둘 화인의 눈앞에 나타났다. 푸른 정원 위에 하얀 시트가 깔려 있었다. 한입 베어먹은 치즈 조각이 있었다. 김이 오르는 에스프레소 한 잔이 있었다. 아무런 소리도 들리지 않았다. 화인은 가는귀를 기울였다. 누군가 화인의 귀 가까운 곳에서 소리를 내고 있었다. 무지개 띠처럼 펼쳐진 빛 가운데 주홍이 서 있었다. 무어라 말하고 있었다.

블랙: 개를 데리고 다니는 동안

메시지 알람을 끝으로 더이상 벨소리가 울리지 않았다. 휴대전화는 델 듯이 뜨거울 게 분명했다. 적절한 변명거리를 떠올리다 시간을 다 흘려보낸 셈이었다. 벨 간격이 짧아질수록 되레 혼란이 더해져 무슨 생각에 골몰할 수도 없는 형편이었다. 아니었다 한들 뾰족한 방법이 있었겠냐만 인석의 사정은 그랬다. 화가 난 게 사실이었고, 처음에는 무슨 잘못을 저지르는 것 같지도 않았다. 그러니까 자동차가 멈추기 전까지는 말이다.

휴대전화를 확인하려다 인석은 이내 핸들을 고쳐잡

았다. 보지 않아도 내용이 훤했다. 이런 개같은……, 니가 어떻게 나한테……, 무사할 것 같으냐……. 욕설이 난무하는 와중에 드러날 몇몇 표현들이 지금의 상황을 말해줄 거였다. 상대방을 두 번은 죽여야 직성이 풀릴 것처럼 검붉게 달아오른 매니저의 얼굴이 눈앞에 떠올랐다. 어쩔 줄 몰라 하는 당황의 기미가 표정을 한층 더 일그러뜨렸을 것이다.

그 표정에 생각이 미치자 조금은 고소했다. 초등학생이라 해도 믿을 만큼 작은 키, 그와는 대조적인 뚱뚱한 배와 O자형 대머리를 앞세운 채 지금쯤 그는 고객 앞에서 발을 동동 구르고 있을 터였다. 별명처럼 뒤뚱뒤뚱 펭귄이 따로 없을 것이었다. 아무튼 평소부터 마음에 안 들던 치였다. 치우고, 씻기는 등 귀찮은 일들은 죄다 남한테 맡기면서 얌체처럼 사장과 고객들이 있는 데서만 품에서 개를 놓지 않았다. 에고 내 새끼, 아이고 우리 새끼, 젊은 여성 고객 앞에서는 특히나 그랬다. 개들이 어디 똥오줌이라도 흘리면 이런 개같은 새끼가 어디서, 와 같은 말을 서슴없이 입에 올려대면서 그럴 때만 좋은 사람이었다.

뒷좌석에서 무언가를 긁는 소리가 들렸다. 고개를

돌려보니 이동장이 흔들리고 있었다. 눈빛을 마주치지 않으려 조심했지만 녀석의 큰 눈동자가 이미 이쪽으로 향해 있었다. 자기가 처한 상황을 아는 걸까. 도망갈 궁리를 하는 걸까. 앞발로 철망을 긁으며 호흡을 헤헤거리는 품에 제법 경계심이 들어가 있었다.

인석은 다시 한번 시동 버튼을 눌러보았다. 역시나 아무런 반응이 없었다. 시동뿐 아니라 갑자기 정전이 일어난 것처럼 라디오와 전기램프가 다 꺼져버린 것이 한 시간쯤 전이었다. 무슨 특별한 장치가 있는 것인지, 그래서 주인이 아닌 사람이 운전하면 이렇게 작동을 멈추는 것인지 우려했으나 첨단기술이니 AI 차량이니 해도 그런 기능까지 있을 리는 없었다. 당황하는 사이 전화벨은 불난 듯 울려댔고, 개는 미친 것처럼 짖어댔다. 끝내 시동은 걸리지 않았다.

어떻게 해야 할까. 인석은 손을 들어 마른세수를 몇 번 했다. 할 수 있으면 얼굴 때를 박박 뜯어내고 싶었다. 말 그대로 눈앞이 캄캄했다. 매맞기 싫어서 집을 뛰쳐나오긴 했는데 다음부터 무얼 해야 할지 모르는 가출견이 된 기분이었다. 실제 상황이 거의 그랬다. 다른 점이 있다면 인석이 개가 아니라는 정도였다. 그는 막 집이 아닌 일터를 나왔고, 남의 자동차, 남의 개와 함께였다. 쉽게 말하면 절도 행위의 주인공이 된 셈이었다.

호텔을 빠져나오는 순간부터 이미 후회막급이었지만, 우연한 장애물에 몇 번 부딪히자 상황은 이렇듯 걷잡을 수 없는 지점으로 치닫고 말았다. 침착, 침착해야 해. 인석은 속엣말로 자신을 타일렀다. 헛기침을 몇 번 내뱉은 후 자세를 고쳐앉았다. 이미 등받이는 식은땀으로 축축했다. 개 때문에 시작된 일이지만 당장 급한 건 개가 아니었다. 호텔로든 어디로든 돌아가려면 차부터 움직여야 할 거였다. 그것이 첫번째 할일이었다.

통화 후 불과 몇 분 사이였다. 짠, 하다시피 나타난 보험회사 직원은 만면에 미소를 가득 띠었다. 국내에 몇 대밖에 수입되지 않은 차종이니 멀리서부터 알아볼 수 있었다고 했다. 인석이 어설프게 고개를 주억거리자 직원은 선량하기 짝이 없는 눈빛으로 차량 내부와 외부를 훑어보았다. 차체의 섬세한 외양, 번쩍이는 휠, 방패 문양이 새겨진 장인의 디자인을 똑똑히 확인하려는 듯 보였다. 물론 뒷좌석의 이동장에도 눈길을 주었지만, 단지 차량의 이상 유무를 판단하기 위한 일일 터였다.

안심하서도 됩니다, 차체 결함은 전혀 없는데 기름이 다 떨어졌네요, 저희 쪽 거래 고객님들이 워낙 바쁘셔서 종종 이런 일이 있습니다. 점검을 마친 직원이 서류를 들고 인석에게 다가섰다. 직원은 차의 주인, 즉 포르쉐의 보험 가입자가 든 VIP 보험에 대해서 한 차례 설명을 마치더니 상황을 마무리하듯 명함을 내밀었다. 인석이 누구인지에 대해서는 시종일관 관심이 없는 듯 보였다. 가족이라는 둥, 회사 동료라는 둥 여러 핑계를 준비했건만 일은 일사천리로 처리됐다. 이것이 VIP 차량의 힘인가 싶게 모든 게 손쉬웠다.

다시 시동 버튼을 눌렀다. 단번에 시동이 걸렸다. 여전히 엔진은 힘찼다. 운전석 백미러를 통해 거의 90도로 허리를 숙인 직원이 눈에 들어왔다. 옆에는 휘발유를 가져온 또 다른 직원이 미소 짓고 있었다. 두 사람 모두 작업 조끼가 아닌 말쑥한 정장 차림이었다. 혹시나 해서 조수석 서랍을 뒤진 건 확실히 잘한 선택이었다. 몇 종류의 신경안정제, 도장이 찍힌 이혼 서류, 가정법원 이름이 새겨진 편지봉투까지 봐버렸지만 사생

활 침해를 신경쓸 때가 아니었다.

사고현장으로부터 도망치듯 인석은 액셀을 밟은 발에 잔뜩 힘을 주었다. 유턴을 하려고 했지만 배웅을 받아 나아가는 방향은 다시금 호텔 반대편이었다. 돌이켜보니 오늘은 쭉 이런 식이었다. 호텔에 그 고객이 찾아올 때부터 그랬다.

그러니까 호텔은 개들의 호텔이었다. 대형 동물병원에 소속된 곳으로 회원제 고객이 출장이나 여행, 혹은 기타 사정에 의해 일정 기간 개를 맡기는 데였다. 숙박뿐 아니라 치료, 영양, 훈련, 미용 등 실제 호텔이라 불러도 좋을 만큼의 서비스가 제공되는 최고급 시설이었다. 사회성 훈련을 위한 동물 유치원과 교배를 목적으로 한 맞춤 데이트 공간까지 마련돼 있을 정도여서 몇몇 이용자들은 혀를 내두르곤 했다.

허브 스파라고 하지만 사실은 목욕에 지나지 않는 서비스를 그 고객은 요구했다. 세련된 말투, 단정하게 세팅한 머리모양과 캐시미어 정장 차림. 그녀의 모습은 전문직 여성에 가까웠고 허튼소리를 할 것 같지는 않았다. 호텔만 믿고 맘놓고 해외출장을 다녀왔더니 그사이 '우리 애기'가 우울증에 걸린 것 같다는 게 그녀의 주장이었다. 그런 만큼 단지 기분 전환 겸 풀장에서의 기본 트레이닝과 스파 정도만 시켜달라는 것이었다. 그녀의 주장이 사실이라면 호텔에도 일정 부분 책임이 있는 일이었다. 결코 무리한 요구는 아니었다.

스파 담당이 바로 인석이었다. 그런데 그날 하필이면 건조기가 다 고장난 게 탈이었다. 오전부터 건조기 대신 일일이 헤어드라이어로 젖은 털을 말리는 수밖에 없었는데, 거기에 계속 신경을 쓰기엔 인석의 활동력이 다소간 위축된 상태였다. 희애와 형에게 온 소식 때문이었다. 인석은 할 수 있는 만큼 털을 말린 뒤, 서비스로 사슴뿔 개껌을 내어줬다. 다른 직원들이 돌봄이 미진할 때 종종 그런 모습을 연출하는 상황을 보아왔던 것이었다. 단골에게라면 특히나 자주 있는 일이었다. 어쩌면 전문직 고객의 위압적인 기세 앞에 혹한 탓인지도 몰랐다. 그것이 결정적인 실수였다.

이런 개같은 경우를 봤나. 새파란 아르바이트 주제에. 사실을 안 매니저는 예의 두 번은 죽여야 직성이 풀리겠다는 검붉은 얼굴로 인석 앞에 섰다. 껌값을 월급에서 빼겠다는 말은 물론, 우선은 손님의 털, 즉 개의 털을 처음부터 다시 말리라고 뒤뚱거리며 명령했다. 개라고 해서 손님을 무시하는 일은 있을 수 없다는 것이었다. 그것도 그것대로 괜찮았다. 자기가 맡은 일이었으니 책임을 지면 될 일이었다. 기분이 좋지만은 않았지만, 제자리로 돌아가는 심정으로 인석은 개를 껴안았다. 그런데 문제가 또 남아 있었다. 좀전과 달리 개가 헤어드라이기 바람을 쏘일 때마다 기겁을 하고 도망을 치는 것이었다. 그리고 결정타를 날리듯 그 고객이라는 사람이, 애기의 우울증을 걱정하던 그 여자분이 갑자기 인석의 뺨을 후려쳤다.

잠깐의 정적이 있었다. 무슨 문제라도? 뺨을 어루만지며 멀뚱멀뚱한 눈빛으로 인석은 고객을 쳐다보았다. 이번에는 개껌의 유통기한이 도마 위에 올랐다. 받은 것이 유통기한이 지난 껌이라는 것이었다. 고객은 저번처럼 애기가 장염에 걸리면 어떡할 뻔했냐며 물러설 수 없다는 태도를 보였다. 여름 내내 고생한 적이 있다는 것이었다. 물론 그녀의 주장은 억지였다. 확인 결과 유통기한에는 아무런 이상이 없었다. 외국에 출장을 다녀왔다더니 날짜 순서를 헷갈린 모양이었다.

하지만 스파를 시킬 때부터 개에 대한 정성이 부족

했다느니, 애정과 존중이 없었다느니 하면서 고객은 인석을 향해 목소리를 높였다. 급기야 한바탕 눈물을 쏟아내기까지 했다. 손에 쥐고 있던 개껌을 인석의 면상을 향해 던진 것으로도 성이 차지 않는 모양이었다. 어서 사과하세요. 여전히 멀뚱멀뚱한 인석을 향해 고객이 소리쳤다. 아아, 끝까지 뻔뻔스럽게, 개한테 사과하시라구요. 고객은 오열했다.

뺨을 맞으면서 시작된 사태는 뒤통수 충격과 함께 일단락되었다. 뒤쪽에 서 있던 매니저, 즉 뒤뚱뒤뚱 펭귄이 뒤뚱뒤뚱 다가오다가 갑자기 새처럼 날아올라 손바닥으로 인석을 내려친 것이었다. 무슨 억하심정이 있는 것인지 평소부터 인석을 언짢아하더니 손길이 매섭기 짝이 없었다. 시간이 멈춘 듯했다. 소동을 눈치챈 정식 직원들, 인석과 같은 시간제 아르바이트생들이 어느새 주위에 모여 있었다. 모두 어찌할 바를 모른 채 상황을 바라보고만 있었다. 매니저는 직원들을 모두 자리로 돌아가게 한 후, 고객을 달랜답시고 상담실로 그녀를 안내했다. 그리고 인석에게는 고객이 안정을 찾을 수 있도록 이동장에 개를 실어서 그녀의 차 뒷좌석에 놓으라며 차 키를 건넸다.

열쇠는 없고 단지 카드로 된 그것을 받아들 때까지
만 해도, 인석은 참자, 참자 싶었다. 일을 하다보면 없
는 경우도 아니었고, 굳이 따져보면 자기 정성의 문제
일 성싶기도 했다. 그날 내내 머리가 복잡했던 게 사실
이었다. 형의 일은 어쩔 수 없다 쳐도, 희애의 일은 전
혀 예상치 못한 것이었다. 동료 몇몇이 어깨를 두드려
주며 자기가 대신 일을 맡겠다고 했지만, 인석은 묵묵
히 도망치는 개를 이동장에 태웠다. 힐끗힐끗 동료들
사이에서 시선이 오가는 와중이었다. 괜찮아?라고 누
가 말하는 것 같았지만 주변의 소리가 잘 들리지 않았
다. 이곳에서 어서 벗어나고 싶다는 생각에 급급해서
였는지 몰랐다. 걷는 사이 눈앞이 뿌옜는데 뺨을 타고
흐르는 것은 눈물 같았다.

　카발리에 킹 찰스 스패니얼. 특정 나라의 왕 이름까
지 들어간 럭셔리한 견종이 인석을 노려보았다. 시선
이 유독 가깝다 느껴졌는데, 이동장이 허술하게 닫혔
던 모양이었다. 녀석이 계속 철망을 긁어댄 것이 바로
그 이유 때문이었던 듯했다. 몇 번 거리를 가늠하는 시
늉을 보이더니 차의 이동속도에 개의치 않고 앞좌석으

로 개가 넘어왔다. 거기가 제자리라는 듯 유유히 조수석으로 가서 엉덩이를 붙였다. 개는 운전석의 인석을 향해서 뭔가를 묻는 듯한 시선으로 큰 눈동자를 굴려댔다. 킁킁거리며 콧김을 내뿜는가 하면 작고 빨간 혀를 내밀고 호흡을 헐떡였다. 녀석만은 오늘의 사정을 알 거라며 인석은 혀를 쯧쯧 차댔다.

호텔 주차장은 만차였다. 차들이 서로 바짝 붙어 있었기에 애당초 뒷좌석의 문을 열 수가 없었다. 트렁크에 이동장을 넣었다가 또 무슨 소리를 들을지 몰랐다. 어쩔 수 없이 주차선 밖으로 차를 빼내야 했다. 전체가 와인 컬러인 포르쉐 무슨무슨 기종이었는데, 잡지에서만 보던 차량이었다. 그때 호텔로 다시 돌아갔어야 했을까. 고가의 차량에 거의 관심이 없다고 자부해왔지만, 운전석에 오르는 순간 어떤 힘찬 기운이 인석을 사로잡았다. 시동을 걸자마자 범상치 않은 진동이 느껴졌다. 평생 처음 느껴보는 기분. 몇 기통인지 몰라도 엔진이 부르릉거리는 소리는 무슨 교성처럼 아찔했다. 바퀴의 움직임 또한 부드럽기 짝이 없었다.

그 느낌을 잠시나마 즐기고 싶었을까. 뒷좌석으로 녀석을 넣은 이동장을 옮기고, 인석은 일종의 발레 주차를 할 요량으로 호텔 현관까지 차를 몰고자 마음을 먹었다. 아예 없는 일은 아니었고, 주요 고객일수록 그렇게 발레를 해주는 경우가 잦았다. 인석이 놓친 것이 있다면 차의 성능인지 몰랐다. 액셀을 밟기 무섭게 차는 지나친 속도를 내었고, 매끄러운 코너링과 함께 돌진하듯 호텔 현관을 통과해버리고 말았다.

몇 초 사이, 브레이크를 밟을 새도 없이 차는 그대로 뻗어나갔다. 무언가 휙 하고 인석의 뒷덜미를 잡아챈 듯했다. 이제 첫번째 유턴 신호가 나타나기를 차분히 기다릴 수밖에 없었다. 그런데 유턴 지점에는 전에 없던 공사중 표지판이 서 있었다. 좀더 앞쪽에서 불법유턴이라도 하려 했지만 그쪽에서는 교통경찰들이 단속을 벌이고 있었다. 바둑판처럼 구역이 나뉜 신도시에서 신호를 다시 만나려면 몇 킬로미터는 더 차를 몰아야 했던 것인데, 그때부터 마음이 조금씩 조급해졌다. 단지 호텔에서부터 멀어지는 데서 오는 초조만은 아니었다. 인석은 뒷머리를 긁적거렸다. 매니저에게 맞은 뒤통수가 아직 얼얼했다. 눈앞은 계속 뿌옜다. 당황스러운 와중에 솟구치는 생각은, 어딘가 먼 곳으로 떠나고 싶다는 것뿐이었는지 몰랐다.

매니저에게 첫번째 전화가 걸려온 것이 그때였다. 그렇게 잠깐의 일탈이 끝나는 듯싶었다. 이제 전화를 받아 사정을 설명하고 호텔로 돌아가면 그만이었다. 한데 벨소리가 울리자마자 이동장에 있던 녀석이 짖기 시작했고, 인석은 휴대전화를 놓치고 말았다. 개는 벨소리에 지지 않겠다는 듯 거의 발광을 했고, 사태를 수습해야겠다는 생각과 달리 차량의 속도는 점점 높아져만 갔다. 제기랄, 전부 다 개같아져버리라지. 혼잣말이 튀어나왔다. 이상스레 마음의 갈피를 잡을 수 없었다. 뿌연 시야를 더욱 뿌옇게 만들며 눈물 몇 줄기가 샘솟았다. 그렇게 또 한 번의 유턴 신호를 놓쳤다.

얼마 지나지 않아 차체에 들러붙은 먼지를 털어내듯이 갑작스레 소나기가 쏟아졌다. 내리치는 빗줄기가 앞유리창을 타고 줄줄 흘러내렸다. 와이퍼의 움직임이 무색할 만큼 세찼다. 자동차는 빗속을 향해 쭉쭉 뻗어갔다. 하지만 어느 순간 어떤 결정을 대신 내려주듯 엔진이 덜컹거렸고, 갑작스레 차가 멈춰 섰다. 멈춘 지점은 걸어 돌아가기에는 터무니없이 먼 곳이었고 택시한 대 보이지 않는 한데였다. 차체에서는 아지랑이가 피어오르고 있었다. 소나기는 그쳤고 태양빛이 사방에서 내려앉기 시작했다.

　액셀과 브레이크를 번갈아 밟는 사이 주머니에서 이물감이 느껴졌다. 호텔을 나오면서 사슴뿔 개껌을 챙겼던 모양이었다. 유통기한이 지났다던 개껌이었다. 비닐 부스럭거리는 소리에 놀란 녀석이 귀를 쫑긋 세웠다. 아직 판단이 서지 않는지 몇 번 고개를 갸웃댔지만 적의나 경계심은 사라진 것 같았다. 그사이 인석에게 익숙해진 것이 분명했다. 황실에서 자란 개라더니 만인을 향한 친밀함이 몸에 밴 것이었다.

　자기 것을 빼앗기거나, 누군가로부터 해코지나 괴롭힘 당할 우려가 거의 없는 환경 속에서 호의호식한 결과 다가서는 모든 이들이 자기에게 호의를 가졌다 여기는지도 몰랐다. 우울증이라더니 그런 기미는 전혀 보이지 않았다. 인석은 가만히 개를 노려보다가 녀석의 뺨을 한 차례 더듬었다. 못 할 거 없잖아, 난 뭐 이유 있어서 맞았나? 그런 생각으로 턱과 뒤통수를 어루만지고 싶은 것인지도 몰랐다. 정말 뒤통수 한 대쯤을 얻어맞는다면 녀석이 좀 사납게 변할까. 갑자기 겁을 먹을까. 쓸데없는 상상이라는 내면의 목소리가 이어졌지만 인석은 개를 쓰다듬는 동작을 멈추지 않았다. 녀석이 혀를 내밀어 손바닥을 핥아댔다. 혓바닥은 징그러울 만큼 따뜻했다.

사슴뿔 껌 한 덩이는 같은 중량의 최고급 한우보다 비싸게 매겨지는 것이었다. 호텔에서 일하는 동안 사람의 그것보다 훨씬 값비싼 것들이 종종 인석의 눈에 띄곤 했다. 처음에는 의아했다. 누구라도 그랬을 것이었다. 애견 혹은 반려동물에게 쓰이는 이런저런 먹거리와 액세서리, 의료기구와 편의시설의 가격이 사람을 향한 것 못지않다는 사실이 아무래도 황당할 수밖에 없었다. 물론 그와 같은 오해는 차츰 바로잡아지기 마련이었다. 세상 어디든 고급과 호화, 사치는 존재하는 것이었다. 최상류층이 누리는 호화스러움에 비하자면, 그것들은 그야말로 껌값에 불과한 것이었다.

동물과 함께하면서 눈을 뜨게 되는 부분은 비용이 아니라 생명의 소중함 같은 것이었다. 천연기념물을 보존하기 위해서 쓰는 예산이나, 수족관에서 태어난 새끼 돌고래의 양육에 들어가는 투자를 단지 비용 문제로 국한시킬 수는 없었다. 돈과 동식물을 연관시키는 것은 뭘 몰라도 한참 모르는 자의 어깃장에 지나지 않았다. 더욱이 상어, 경주마, 호랑이, 침팬지, 코끼리, 수십억을 호가하는 희귀 난 등 다른 동물, 다른 식물에 비하자면 일반 반려동물에게 쓰는 것은 비용이랄 수도 없었다. 그것이 단지 개,와 연관됐기 때문에 유독 문제시된다는 것은 대부분의 종사자가 동의하는 바였다. 인석 또한 그렇게 생각을 수정해갔다.

하지만 최근 들어 그런 태도에 균열이 생긴 것을 부인하기도 어려웠다. 희애와의 일 때문이었다. 아니다. 우선, 형에게 닥친 병 때문이었다. 사업의 문제는 다름 아닌 돈이었고 형은 예기치 않은 문제에 봉착해 있었다. 건강보험료 체납의 무서움을 인석은 일찍이 상상해보지 않았다. 아마 형도 마찬가지였을 것이었다. 영양부족과 스트레스 탓에 장이 꼬여서 특정 부분이 아예 엉겨붙었다. 응급수술이 필요하다. 건강보험을 적용받지 못한다면 수술비는 상상 이상일 수밖에 없다. 응급실 직원에게 그런 내용을 전해듣고 나서도 인석은 상황을 실감하지 못했었다. 형의 건강보험료가 몇 년째 체납돼 있다는 얘기였다. 인석이 이름으로 수술을 받는 것으로 그날의 상황을 어찌저찌 마무리했을 뿐 머릿속은 온통 혼란이었다.

불법이었지만 어쩔 수 없지 않은가. 그렇게 가슴을 쓸어내리고 있었는데 얼마 뒤 인석은 또 다른 전화 한 통을 받았다. 차명 수술이 발각된 것은 아닐까 싶어 벨이 울릴 때부터 불안했고, 통화 버튼을 누르는 손끝이 떨렸다. 맞닥뜨린 것은 전혀 상상하지 못한 상황이었다. 보험상의 이름이 인석인 탓에 담당 직원이 이쪽으로 전화를 걸어온 듯했다. 형은 전날 인석에게 덕분에 수술이 잘 끝났다며, 자신은 퇴원하는 길이니 이제 안심해도 된다며 득의양양했었다. 평소의 듬직한 목소리 그대로였다. 직원의 전한 내용은 달랐다. 병원에서 도망치면 어떡하느냐고 직원은 노기부터 드러냈다. 항암 치료 스케줄을 한시라도 빨리 잡아야 그나마 목숨이라도 부지할 수 있을 게 아니냐고 날카롭게 말을 이었다.

한마디로 수술 과정에서 종양이 발견됐고, 그 정도가 심각하다는 얘기였다. 암이라니요? 형은 이제 서른밖에 안 됐는데요? 라고 인석은 말할 뻔했다. 지금 형은 어디 있는데요? 라고도 물을 뻔했다. 곧장 집을 찾아가보고, 주변 사람들에게도 소식을 물었지만 형은 행방이 묘연했다. 연락 자체가 되지 않았다. 좀더 애썼더라면 찾을 수 있었을지 모르지만 이상스레 행동이 주저되는 것도 사실이었다. 인석은 멍하게 지내기 위해 노력했다. 형 생각을 하고 싶지 않았다.

아마도 그 며칠 사이였을 것이었다. 극진한 보살핌을 받는 호텔의 개들에 대한 인석의 태도가 조금씩 변화했던 것이. 보험 개념 자체가 없으니, 많게는 억대에 달하는 치료비가 드는 호스피스 견들과 눈빛을 마주치지 못한 것이. 누군가에게는 가족과 같은 개들이고, 그야말로 소중한 생명들이다, 하지만, 하지만 이것들은 개가 아닌가, 라는 문장이 머릿속 한쪽을 채우기 시작한 것이. 그리고 마침내 그 고객이 찾아왔고, 애기와 우울증과 스파와 서비스가 언급됐고, 인석은 개, 개, 하면서 중얼대며 털을 대충 말린 후 개껌을 건넸고, 그 고객에게 뺨을, 뒤뚱뒤뚱 펭귄에게는 뒤통수를 얻어맞은 것이었다.

무작정 차를 몰고 싶었지만 실제로는 그 방법이 더 복잡했다. 어느 순간부터 인석은 일정한 패턴과 방향대로 핸들을 움직이고 있었다. 머릿속에서는 이 길만큼은 안 된다고 했지만 몸이 익숙한 쪽으로 인석을 안내하고 있는 셈이었다. 차는 희애의 집으로 나아갔다.

신도심을 벗어나면서부터 차츰 건물이 낮아졌고, 구불구불한 길이 늘었다. 해지는 시간, 석양빛이 도로에 들이치는 동안 인석은 나른한 기분에 젖어들었다. 앞 유리를 뒤덮은 주홍빛 때문인지 따뜻한 아랫목에 앉은 기분이었다. 알 수 없는 뿌듯함이 어느 순간부터 인석을 휘감고 있었다. 자기가 처한 상황의 심각성을 잊어버렸다는 사실을 깨닫고 비명을 질러야 했지만 그렇게 되지 않았다. 지금 인석은 느껴보지 못한 어떤 것들을 즐기고 있었다.

처음에는 엔진의 진동, 부드러운 바퀴, 가벼운 코너링 때문이었지만 이내 신경이 다른 것을 감지하고 있었다. 꺼진 시동을 점검한 보험회사 직원의 친절, 주유소에서 기름을 넣어주던 아르바이트생의 예의바름, 그리고 지금 인석의 앞뒤와 좌우에 늘어선 차량 운전자들에게 어떤 공통점 같은 것이 있었다. 운전 경험이 일천했지만, 운전면허학원에서조차 이렇게 쉬운 운전은 없었다. 앰뷸런스 혹은 의전 차량이 지나가듯 차들의 움직임이 일사불란했다. 거의 알아서 길을 비켜주는 수준이었다. 신호를 받더라도 멀찍한 곳에서 뒤차는 멈추었고, 앞차는 푸른 신호등이 들어오기 무섭게 길을 터주었다.

왕자의 옷을 입은 거지를 대하듯 세상의 태도가 확연히 달라진 것을 인석은 차츰 인정해나갔다. 그것을 돈의 힘이라고 해야 할지, 장인과 명품에 대한 경이라고 해야 할지 알 수 없었지만 이제껏 자기와는 무관한 세계였으며, 아마 앞으로도 그럴 것이라는 것은 분명한 사실이었다. 흥분은 쉽게 가라앉지 않았다.

몇 대의 오토바이가 나타났을 때 흥분은 극에 달했다. 앵앵, 하고 지나가는 소리가 있었는데 모기가 아니라 작은 오토바이들이었다. 급브레이크를 밟아야 할 만큼 돌발적인 등장이었다. 한 대가 먼저 나타났고 곧이어 다른 한 대가 등장했다. 인석은 브레이크에 발을 옮기고 잠시 놀란 가슴을 쓸어내렸다. 신호위반을 반복하며 지그재그로 차량 사이를 오가는 모양새를 보니 그들끼리 무슨 경주를 하는 것 같았다. 오토바이 숫자는 순식간에 불어났다. 도로 안쪽으로 함부로 돌을 던져대는 거친 꼬마를 마주한 것처럼 갑작스러운 감정이 인석의 내부에서 올라왔다.

매니저의 메시지를 확인한 탓도 있었다. 드라마나 영화에서처럼 경찰의 위치추적을 의식해 호텔의 반경을 벗어나자마자 휴대전화를 껐지만, 시간이 좀 지나서는 매니저의 음성과 문자메시지를 살펴보고 싶었다. 자신이 벌인 일의 객관적인 의미나, 혼자 운전하는 사이 저쪽 호텔의 상황이 어떻게 돌아가는지 감이라도 잡았으면 했던 거였다. 희애만 만나고 나서, 라며 자신을 다독였지만 희애는 전화를 받지 않았다. 결국 문자 메시지함을 열었다.

'휴대전화만 끄면 뭐 하나. 동물등록제를 모르시는 건 아니겠지. 무선식별장치 때문에 개 한 마리 찾는 건 땅 짚고 헤엄치기다. 깔린 게 CCTV인데 차량 추적도 금방 끝나겠지. 하필이면 견주님은 변호사시란다. 곧장 검찰청으로 가셨고, 우린 여유롭게 껌 씹으면서 기다리고 있다. 업무방해, 특수절도, 동물학대 등 죄명이 참 화려하다. 돈까지 요구해줬으면 더 좋겠다(변호사님은 이미 그랬다 생각하심). 이참에 콩밥 제대로 좀 먹자. 아예 돌아올 생각 하지 마라. 용서는 없을 거다. 개새끼야!'

화면 속으로 빨려들어가듯 두 눈의 초점이 쏠렸다. 내용을 다 읽지 말았어야 했지만 손가락이 제대로 움직이지 않아 화면이 꺼지지 않았다. 개새끼야! 라는 말이 머릿속을 쟁쟁 울려댔다. 이유는 알 수 없지만, 갑자기 나타난 오토바이의 앵앵거리는 소리가 원인인 듯했다. 아무래도 신경쓰이는 소리였다. 게다가 예전부터 작은 오토바이를 싫어했다는 데 생각이 미쳤다. 인석은 이를 악물었고, 허리를 곧추세웠다. 다른 차량과 달리 오토바이가 존중, 이라든지 예의, 따위를 표현하지 않았다는 것밖에는 딱히 이유가 없을 거였는데, 격한 울화가 치밀었다.

인석은 기어를 바꾸고, 액셀과 브레이크를 옮겨 밟았다. 굼벵이와 달리기 시합을 벌이려는 경주마처럼 얼토당토않은 상황이었다. 그런 질주를 다분히 우습게 여기면서도 인석은 행동을 멈추지 않았다. 그것이 대단히 뜻있는 일인 것처럼 인석은 진지했다. 앵앵, 앵앵. 몇 대의 오토바이를 추월하자, 골목에서 또 다른 오토바이가 나타났다. 역시나 중앙선을 침범했고, 불쑥 포르쉐 앞으로 끼어들었다. 마찬가지로 예의와 존중을 표하지 않았다. 연이어 모기를 박멸하듯이 인석은 배기가스를 내뿜으며 도로를 내달렸다.

그런 식으로 10여 대의 동네 오토바이를 더 지나쳐 아마도 마지막 오토바이를 지나칠 때였다. 속도계 화살은 190킬로미터를 지나 200킬로미터로 향해갔다. 핸들이 몇 번 좌우로 흔들렸다. 인석은 마치 원수진 사람처럼 오토바이가 나타날 때마다 그들을 추월하느라 급급했다. 마지막은 동네 폭주 용도가 아닌 퀵서비스 오토바이였다. 어느 순간, 짐받이에 반려동물 간식인 푸딩캔이 실린 모습이 인석의 눈에 들어온 거였다. 아는 사람에게만 보일 법한 것으로 최고급 유기농 간식이었다. 연어, 닭, 소고기 등의 살코기에 고구마, 치즈, 유산균과 비타민을 넣은 제품으로 실제 사람이 먹어도 좋을 만큼 위생적이며 영양 만점에 맛도 좋다는 얘기를 고객 앞에서 거의 입이 닳도록 내뱉곤 했었다. 독점 계약 제품이니 아마도 오토바이는 호텔에서 출발한 터였을 것이다. 인석은 간식을 기다리며 주인과 놀고 있을 개를 떠올렸다. 퀵서비스로 급히 배달해야 할 만큼 그들은 간식이 조급한 상황일 거였다.

갑자기 기어를 잡은 손에 따뜻한 기운이 느껴졌다. 화들짝 놀라 고개를 돌려보니 녀석이 인석의 손을 핥고 있었다. 개코라더니 푸딩 냄새라도 맡은 모양인가. 인석은 오토바이를 바라봤다. 하루종일 길 위에서 시간을 보냈을 운전자의 얼굴은 땀범벅이었고, 늦지 않을까 싶은 조바심으로 붉게 타올라 있었다. 인석은 어느 때부터 쓰고 있던 차 주인의 선글라스를 벗었다. 언젠가 호텔에서 자신이 받았을 법한, 그날 그 고객이 개한테 사과하라고 요구하던 때의 시선과 같은 눈빛을 자신의 손을 핥는 녀석에게 보내기 시작했다. 너 때문에, 개새끼들 때문에, 왜 엉뚱한 사람이 개고생을. 인석은 자신도 알 수 없는 소리를 외쳤다. 그 순간 속도를 줄이지 않을 것 같던 퀵서비스 오토바이가 갑자기 멈춰 섰다. 멈출 것까지는 없잖아, 싶은 어색함이 느껴지지만 인석은 이상스러운 안도감에 호흡을 가다듬었다. 오토바이를 다 추월하자 속이 후련했다. 인석은 천천히 고개를 돌렸다. 정면에 언뜻 뭔가가 보였다. 공사중이라 쓰인 표지판이 눈앞으로 빠르게 다가왔다.

곧장 눈을 감았다. 앞이 캄캄했다. 하지만 그것만으로는 일을 막을 수 없을 거였다. 핸들을 급하게 돌린다고 했지만 표지판의 철제 모서리가 차의 오른쪽 전체를 스캔하듯이 긁어대는 중이었다. 귀를 벨 듯한 날카로운 금속성 소음이 대기 중으로 퍼졌다. 으아악! 인석의 내면에서 피에 찬 비명이 쏟아졌다. 표지판을 부여

잡고, 대신 내 살점을 찢어달라고 하소연해야 마땅할 것 같았다.

미처 충격을 체감하기도 전에 이번에는 눈앞에 가드레일이 다가섰다. 급브레이크를 밟고, 급회전하는 사이 차량이 요동쳤다. 쾅, 쾅. 무슨 영상에서나 접했을 법한 큰 충격이 번개처럼 차체를 내리쳤다. 제발, 이럴 수 없어, 인석은 마치 어딘가에 사정사정하듯이 간절한 마음으로 다시 눈을 감았다.

자동차가 멈췄다. 잠시 시간이 멎은 듯했다. 눈을 떴다. 몸에는 별 이상이 없는 것 같았다. 차의 상태를 살피려다가 인석은 또 다시 눈을 감았다. 고개를 절레절레 저어댔다. 지금까지는 무사한 게 사실이었다. 분명 큰일이 아니라는 착각이 있었다. 장소만 옮겼달 뿐 실질적인 해는 없었다. 개와 차를 제자리에 돌려놓기만 하면, 그런 다음 무릎이라도 꿇고 발가락이라도 핥는 척이라도 한다면 사태가 어떤 식으로든 수습이 될 거라는 기대감 같은 것이 인석의 돌발행동을 떠받치는 축이었다.

이렇게 실제 피해가 생긴다면 상황은 달라지는 것이었다. 차가 망가져버렸으니 이미 완전히 달라진 것이

었다. 매니저의 말처럼 변호사 고객의 것이라면 더 그
랬고, 혹시나 그녀가 가족이라 부르는 어떤 것에 이상
이 생긴다면? 우울증과 장염이 염려되는 변호사의 애
기가 다치기라도 한다면? 그렇다, 개, 개는 어떻게 됐
을까? 인석은 눈을 크게 떴다. 사방을 재빨리 굽어 살
폈다. 보이지 않았다. 개가 없었다. 아무런 소리도 들
리지 않았다. 좀전까지 열심히 씹어대던 사슴뿔 개껌
이 조수석에 덩그러니 놓여 있을 뿐이었다.

인석은 이 잡듯 실내를 뒤졌다. 정말로 개의 모습이
보이지 않았다. 인석은 울먹거리며 애기야, 애기야, 하
고 불러댔다. 빨리 나와, 개새끼야, 죽여버린다, 하고
성을 내었다. 인석은 시트를 들추고, 서랍을 열었다 닫
았다. 좌우로 고개를 돌리고 머리칼을 쥐어뜯었다. 꽤
시간이 흐른 뒤에야 개의 모습을 볼 수 있었다. *낑낑*,
하고 앓는 소리가 서서히 커졌다. 개는 이동장에 들어
가 있었다.

인석은 철렁 내려앉은 가슴을 다시 끌어올리듯 간
절한 눈빛으로 개를 바라보았다. 어디를 다친 것 같지
는 않았다. 하지만 잔뜩 겁을 먹었는지 이동장에서 나
오려 하지 않았다. 작은 소리라든가, 미미한 움직임에

도 긴장하는 듯 보였고 좀처럼 웅크린 자세를 펴지 않았다. 우울증의 증상이 이런 건가 싶게 개는 구석으로만 파고들었다. 그리고 보니 이 견종에게는 순종을 고집하기 위한 근친교배 탓에 심장질환이 잦다는 얘기를 들은 기억이 났다. 심혈관계가 약한 만큼 충격은 독약이었을지 몰랐다. 개는 계속 끙끙, 앓고 있었다.

또래 경찰은 인석의 흐트러진 옷매무새라든가, 부풀어오른 머리칼, 붉게 충혈된 눈동자부터 바라보았다. 그리고 나서 차를 살폈다. 빙산이 타이태닉호의 측면 부위를 찢어댄 것처럼 포르쉐의 오른쪽 범퍼부터 뒤쪽의 주유구까지는 뚜렷한 파괴의 흔적으로 흉물스러웠다. 비싼 차종을 향한 측은지심이랄까. 경찰의 눈빛이 조난자를 바라보는 것처럼 출렁였다. 차량 소유주로 보이는 인석이 부럽기도, 안타깝기도 하다는 반응이었다. 마침 순찰중이던 모양으로 현장사진을 찍고 때때로 무전을 보낼 뿐 경찰의 관심은 줄곧 차를 향해 있었다. 아무튼 교통조사계 경찰을 기다려야 한다는 거였다.

예상했지만 차는 더이상 움직이지 않았다. 시동이 꺼진 것만 하루 두 번이었다. 전 세계 100대밖에 생산

되지 않은 한정판, 고성능, 최고급 스포츠카라고 해도 기름이 있어야 달릴 수 있고, 더욱이 사고 앞에서는 이렇게 무용지물이 되는 것이었다. 서양인 체형에 맞춰진 좌석 역시 불편한 게 사실이었다. 운전할 때는 몰랐는데 허리 한쪽이 결려 제대로 서 있기가 힘들었다. 부서진 차량 안쪽 개 이동장 주위에 토사물이 흩어져 있었다. 바닥을 대충 닦은 뒤 인석은 개를 품에 안았다. 얌전히 인석에게 안긴 개는 작은 혀를 내밀어 입가의 구토 흔적을 훑었다. 차체에 가해진 충격이 심장까지 기어이 전해진 모양이었다.

요즘 골머리를 앓게 만드는 폭주족들을 홀로 순찰 중이었다는 경찰은 이 근방 수 킬로 내에서 이런 차종을 보긴 처음이라며 이야기를 시작했다. 교대근무의 어려움, 범죄자와의 위험한 조우, 일반 시민의 경찰에 대한 왜곡된 인식, 턱없는 박봉 등에 대해서 말은 이어졌다. 개에 대해서도 지식이 있는지 카발리에 킹 찰스 스패니얼의 유전적 심장판막 이상에 대해서도 말을 건넸다.

전에는 이렇지 않았다는 게 인석의 판단이었다. 처음 보는 누군가가, 그것도 버젓한 직위가 있는 사람이 이만큼 열린 마음으로 자기를 열어 보이는 일은 극히 드물었다. 경찰의 눈은 여전히 망가진 차에 가 있었다. 상대가 이야기에 열중하는 동안 인석은 천천히 걸음을 옮겼다. 중요한 순간이었다. 태연함을 잃어선 곤란했다. 보폭이 넓어질수록 심장이 빠르게 뛰놀았지만 곧 요구받을 여러 가지 것들을 생각하면 한시라도 빨리 현장을 벗어나는 게 상책이었다.

몇 걸음 옮기자마자 뒤쪽에서 움직임이 느껴졌다. 어디 화장실이라도 가시게요? 예의가 가득 담긴 목소리가 들려왔다. 도피, 도망, 도주,에 대한 경찰 특유의 예감 탓인지 조금쯤은 음성이 떨렸다. 사고 직후의 순간으로 다시 돌아간 듯 인석의 심장이 차츰 조여왔다. 다시 한번 경찰이 같은 질문을 했다. 그 순간, 인석은 개를 안고 달리기 시작했다. 뒤 한번 돌아보지 않았다.

닭과 소, 돼지, 말은 좀처럼 버려지지 않는다. 폭력이나 학대의 대상이 되는 경우도 드물다. 유독 인간과 가족처럼 지내는 반려동물에게만 내려지는 형벌이 바로 학대와 버려짐이다. 한 해 버려지는 수는 무려 10만에 달한다. 그것도 보호소에 등록되는 수에 불과하다.

실제 버려지는 반려동물은 50만 마리 이상일 것이다. 이 작은 나라에서 1년에 50만 마리가 버려진다는 건, 세상이 개판이라는 말과 다름없다. 처음 만났을 때 희애는 인석에게 그런 얘기를 들려주었었다. 학과에서 자원봉사차 무슨 동물보호단체에 가던 길에서였다. 같은 과였달 뿐 그때까지 희애와는 제대로 된 대화 한번 나누지 않은 상태였다.

인석은 구조견에 관심이 있었다. 다리가 무너지는 바람에 돌아가신 조부모님 때문이기도 했다. 구조견은 지진 현장이나 붕괴 사고 발생지에 어김없이 등장해서 역할을 해내곤 했다. 아무 대가 없이도 재난 현장에서 맹활약했다. 인간이 식별해내지 못하는 인명을 구하고, 더 큰 참사를 막아내는 견인차가 됐다. 인석이 주목한 것은 그들의 충성심이나 조난자를 구하기 위한 용기가 아니었다.

개는 아기처럼 자기 상태를 잘 알지 못했다. 힘들어도 힘들다고 말하지 않았다. 전혀 몸이 따라가지 못하는 상태에서도 계속 움직임을 이어갔다. 말 한마디 못했으니 인간이 신경을 써주지 않으면, 이리 뛰고 저리 뛰다가 탈진하고, 구조활동 도중 목숨을 잃는 경우가 비일비재한 것이었다. 그 무조건적인 열의 같은 것이 할아버지와 할머니를 동시에 잃은 어린 인석에게 어떤 선명한 인상을 남겼다. 사람이 할 수 없고, 또 줄 수 없는 어떤 것이 녀석들에게 있다는 인상은 사고 이후, 닫힌 마음을 여는 특별한 열쇠가 된 것이 사실이었다.

희애와는 그런 이야기를 나눌 수 있었다. 뉴스나 신문에서나 다룰 법한 동물 관련 이슈를 항상 수월하게 주고받았고, 관계가 깊어질수록 서로의 생각과 감정을 잘 안다고 확신했다. 졸업을 앞두고 관계가 잠시 시들해지는 것은 어느 연인이나 마찬가지라는 게 인석의 생각이었다. 각자 바쁘고 중요한 시기를 지나는 것뿐이었다.

희애가 학과 교수님과 결혼한다는 소식이 다른 이에게서 전해졌을 때까지도 인석은 서로를 착각했다. 붙잡아보려 뒤늦게 노력한다지만 이미 상황을 되돌릴 수 없다는 사실을 인석은 알아차렸다. 그 소식은 마치 지금의 상황처럼 자명한 것이었다. 종잇장처럼 찢어진 슈퍼카의 차체와, 대낮의 개 납치라는 현실이 인석 앞에 냉정하게 놓여 있는 것과 같았다.

그런 자각이 떠오르자마자 인석은 발걸음을 멈췄다.

고개를 갸웃거리지 않을 수 없었다. 대체 무슨 짓을 한 것인가. 정말 개만도 못한 일을 벌인 것은 아닐까. 갑작스러운 조바심과 걱정에 머리가 어지러웠다.

앞으로 뻗은 길은 어두웠고, 또 길었다. 회색빛 구름 사이로 빗방울이 떨어지기 시작했다. 빗발은 빠르게 대기를 뒤덮었다. 뛰고 걷는 사이 가슴속에 개의 체온이 전해졌다. 경찰도 말했듯 심장질환 탓인지 맥박이나 호흡이 보통 개보다 확실히 약했다. 복슬복슬한 털에 가려진 몸 역시 한 줌이라 불러도 좋을 만큼 가벼웠다. 그러니까 이것은 가볍고 연약한 한 마리의 개였다.

길 위에는 개와 인석뿐이었다. 걷는 동안 송곳으로 허리와 무릎을 찔러대는 듯한 통증이 느껴졌다. 아무렇지 않은 줄 알았는데 차량이 부딪칠 때 충격이 있었던 모양이었다. 어쩌면 개 역시 마찬가지일지도 몰랐다. 비에 젖은 티셔츠 안쪽에서는 피비린내 같은 것이 올라왔다. 쏟아지는 빗방울을 튕기면서 인석은 걸음을 빨리했다. 유기동물보호소를 찾은 것은 비와 땀으로 온몸이 범벅이 된 이후였다.

자신이 저지른 수많은 바보짓 중 가장 개같은 경우

일 게 분명했지만, 인석은 오늘의 일을 완결 짓기로 결심했다. 외출한 모양인지 다행히도 관리자가 보이지 않았다. 호텔이라면 상상조차 할 수 없는 일이었다. 인석은 정문을 통과해 안으로 들어갔다. 닭장과 같은 유기동물보호소의 철제 우리가 복도 양옆으로 쭉 펼쳐져 있었다.

우리 안에는 호텔만큼이나 많은 개가 들어앉아 있었다. 차이가 있다면 갓 마감된 대리석 같은 매끈한 청결감이 이곳에는 존재하지 않는다는 것이었다. 학대당하거나 버려져 이곳저곳을 떠돌다 병들고 부상을 입은 개들이 그야말로 무더기로 그곳에 머무는 것이었다. 오래 씻지 않은 개 특유의 냄새, 똥오줌 냄새, 녹슨 철 냄새가 인석의 얼굴에 훅 끼쳐왔다.

인석은 철제 우리 사이를 몇 번 오갔다. 작은 우리 한 곳이 비어 있었다. 품에 있던 개는 저항 한번 없이 얌전히 내려섰다. 그사이 서로 체온을 나눈 탓인지 녀석의 눈빛이 한결 부드러워져 있었다. 개는 주인에게 새로 머물 집을 안내받은 것처럼 꼬리를 흔들며 우리 안을 뛰어다녔다. 코를 킁킁거리며 이곳저곳의 냄새를 맡아보았다. 그러고는 입구 쪽에서 큰 눈을 들어 인석을

바라보았다. 정말 여기서 지내라고요? 하고 묻는 듯
했다.

　인석은 답이라도 건네듯 재빨리 우리의 문을 걸어
잠그고 그곳을 빠져나왔다. 납치와 도주에 이은 유기.
마치 범죄자의 수순이 그럴 것이었다. 이젠 정말 돌이
킬 수 없게 된 거였다. 차오르는 이런저런 생각을 밀어
내기 위해 인석은 뛰다시피 걸었다. 나머지 개들이 철
창을 뚫고 나와 자신을 공격하리라는 망상마저 솟구
쳤다.

　검은 하늘 아래 비바람이 거세게 몰아쳤다. 차가운
공기가 몸을 밀어댔다. 으슬으슬 살갗이 떨렸다. 보호
소의 정문을 통과할 무렵 문자메시지 알람이 울렸다.
뺨을 때려서는 안 되는 일이었어요, 개를 떠나보낼 때
가 돼 신경이 온통 예민해져 있었나봅니다, 제발 애기
만 무사히 돌려주세요. 그것이 주요 내용이었다. 밥은
안 굶겼느냐, 약 먹어야 하는데 때를 놓치면 위험하다,
힘들 때나 기쁠 때나 13년 동안 계속 함께였다, 애기가
잘 있는지라도 알려달라, 미안하다 등등의 내용이 이
어지는 것 같았지만, 도중에 휴대전화 창을 닫았다. 사
방에서 폭포수와 같은 빗줄기가 쏟아지고 있었다. 인

석은 잠시 폭포 속에 서 있었다. 나오던 길을 다시 돌아 보호소 안으로 들어갔다.

쉽게 찾을 수 있을 줄 알았는데 그 개를 넣어둔 철제 우리가 좀처럼 가늠되지 않았다. 대신 우리 안의 다른 개들이 눈에 들어왔다. 한 폭의 기괴한 그림을 대하듯, 얼룩이 가득한 책을 들여다보듯 인석의 시야가 흐려졌다. 눈 한쪽이 움푹 파인 개, 걸을 때마다 왼쪽 발을 저는 개, 아예 뒷다리 전체가 잘려나간 개, 몸 곳곳에 털이 빠지고 그 자리에 고름이 붉게 흐르는 개들이 눈을 크게 뜨고 인석을 바라보았다. 마치 오래 누구를 기다려왔다는 듯이 그들의 눈빛과 동작은 절박했다.

헤매는 사이 정문 쪽에서 사이렌소리가 들렸다. 경찰차인지 구급차인지 모를 소리가 조금씩 커지면서 공간 가득 메아리쳤다. 추웠다. 등뒤로 식은땀이 흘러내렸다. 마침내 인석은 개를 놔둔 우리를 찾아냈다. 문을 열자, 주위의 개들이 일제히 엉덩이를 들고 일어났다. 탁한 울부짖음이 인석을 향해 쏟아졌다.

인석은 개를 품에 안았다. 차가운 기운이 품안에 끼쳐들었다. 개는 이미 죽어 있는지도 몰랐다. 걸음을 옮기자 철창이 부서질 듯 다른 개들의 몸부림이 격해졌다. 동시에 사이렌소리도 커졌다. 뱅글뱅글 도는 파랗고 붉은 빛이 바닥에 어지럽게 반사됐다.

휴대전화가 울렸다. 화면에 희애의 이름이 깜빡였다. 인석은 깜빡이는 '희애'를 가만히 바라보았다. 이전 애인에게 한 마리의 개가 살았거나 죽었다는 말을 반복할 필요는 없을 거였다. 사이렌소리가 갑작스레 멈췄다. 그 서슬에 놀라 인석은 개를 내려놓았다. 갑자기 피로가 몰려왔다. 잠을 자고 싶었다. 텅 빈 우리가 시야에 들어왔다. 문이 아직 열려 있었다. 그 어떤 기미도 없이, 그 속에 갇혀야 할 개는 따로 있다는 깨달음이 치밀어올랐다. 가까이에서 사람 발자국소리가 들려오기 시작했다.

경찰이 아니었다. '긴급동물구호'라는 완장을 두른 사람 몇몇이 앞에 나타났다. 이동장은 물론이고, 그들의 가슴 안쪽으로 버려지고 다친 짐승들이 안겨 있었다. 어느 개의 몸통에 감긴 하얀 붕대 사이에서는 붉은 피가 배어나오고 있었다. 누구세요? 맨 먼저 나타난 사람이 인석을 찬찬히 바라보다가 말을 걸어왔다.

잠시 침묵이 흘렀다. 여기 무슨 일로 오셨나요? 뒤에서 있던 다른 누군가 또 물었다. 철창 안의 개들이 짖기 시작하자 인석은 텅 빈 우리 앞으로 다가가 가만히 무릎을 꿇었다. 두 눈을 꼭 감았다. 어서 자고 싶었다.

보란 듯이 바닥에 엎드린다. 양팔을 앞으로 쭉 내뻗는다. 주머니에서 사슴뿔 개껌을 찾아내 입안에 문다. 허리를 꼿꼿이 세운 채 눈을 크게 뜨고 사람들을 바라본다. 입술을 가운데로 모으고 목청껏 되받는다. 멍멍멍멍. 그런 상상이 머릿속을 가득 채우고 있었다. 멍멍멍멍. 개 짖는 소리가 현란했다.

진정 도시적인 이탈

유인혁(문학평론가)

　은연필의 소설 『화이트, 블랙』은 참으로 도시적인 경험을 다루고 있다. 바로 경로의 이탈이다. 우리는 도시에서 차를 잘못 타거나, 무언가에 눈길을 빼앗기거나, 예상치 못한 일을 당하거나, 아니면 처음부터 정처 없이 걸을 수 있다. 그렇게 우리는 목적지가 아닌 다른 곳으로 표류할 수 있다.

　이러한 이탈의 경험은 가장 현명한 자들이 발견한 도시의 속성 중 하나다. 게오르그 짐멜은 도시에서 "첫 번째 행보로 목표에 도달하기는 거의 불가능하다"*고 말했다. 여기서 목표란 공간적인 것인 동시에 사회적인 것이다. 도시의 사회적 분절은 매우 복잡하기 때문에, 개인의 목표는 하나의 수단으로 변형되는 경우가 많다. 목표를 향해 전력질주하다 미로에 빠지는 인간의 이야기는, 도시에서 가장 흔한 플롯 중 하나다.

한편 프랑코 모레티는, 도시란 무엇보다 예측 불가능한 공간이라고 말했다. 그에 따르면 도시의 플롯이란 "예견 불가능성이 일상적 삶의 일상적 관리 속"에 있음을 포착하는 것이다.** 이러한 말에 귀기울여보자면, 이탈을 재현한다는 것은 도시에서 벌어지는 특수한 사건을 다룬다는 의미가 아니다. 그것은 도시에서 매일 일어나고 있으며, 앞으로도 계속하여 발생할 어떤 반복들을 주목한다는 뜻이다.

「블랙: 개를 데리고 다니는 동안」에서 벌어지는 이탈은 비행(deviation)의 형태를 띠고 있다. 이 소설의 주인공 인석은 '애견 호텔'의 비정규직 노동자다. 인석은 아주 불운한 하루를 겪었다. 그는 막 자신의 형이 암

* 게오르그 짐멜, 김덕영 옮김, 「대도시와 정신적 삶」, 『짐멜의 모더니티 읽기』, 새물결, 2006, 25쪽.
** 프랑코 모레티, 조형준 옮김, 『공포의 변증법』, 새물결, 2014, 139쪽.

에 걸렸다는 사실을 알았다. 인석의 형은 동생의 명의를 빌려 수술을 받았다. 그가 몇 년째 건강보험료를 체납했기 때문이다. 그런데 인석의 형은 수술 과정에서 암이 발견되자, 병원에서 도망쳤다. 인석은 병원의 연락으로 그러한 사실을 알았다. 한편 인석은 카발리에 킹 찰스 스패니얼종의 개를 돌보다가 손님에게 뺨을 맞았다. 그가 애정과 존중을 담아 그것을 돌보지 않았기 때문이었다.

인석이 차를 훔쳐 달아나게 된 것은 전적으로 우연의 결과다. 그는 손님이 마음을 진정하는 동안, 카발리에 킹 찰스 스패니얼을 이동장에 실어 차로 옮기는 일을 맡았다. 그는 이 순종(pedigree)의 개를 트렁크가 아닌 좌석에 태우기 위해, 잠깐 시동을 걸어 직접 차를 움직여야만 했다. 그런데 그 손님의 포르쉐는 너무나 고성능이어서 "돌진하듯 호텔 현관을 통과"해버렸다. 그가 유턴하여 호텔로 돌아가려 할 때마다, 도시의 공사 현장과 교통경찰, 부재하는 신호등 따위가 발목을 잡았다. 그렇게 인석은 차 도둑이 되었다. 여기, 한 사람의 인생이 우연의 연쇄 끝에 경로에서 이탈하였다.

「화이트: 화인」에서 벌어지는 이탈은 여행의 형태를

띠고 있다. 이 소설의 주인공 화인은 성노동자다. 그녀는 최근 전혀 다른 교통수단으로 퇴근하기 시작했다. 원래 화인은 '나라시'라 불리는 불법적 형태의 택시를 타고 퇴근했다. 그러나 "평소와 다를 것 하나 없던 어느 퇴근길", 그녀는 여느 날처럼 공황(panic)을 경험했다("거의 숨이 쉬어지지 않았다"). 그녀는 충동적으로 차에서 내린 후 지하철을 탔다. 그리고 화인은 이러한 일탈이 가져오는 "지극히 짧은 변화의 순간들"에 매료됐다. "해가 뜨는 방향에서 바람이 불어와 화인의 살갗을 자극"하는 것, "밤사이 가라앉았던 공기가 회오리치며 얼굴을 향해 밀려"드는 것, "간밤 흩어진 밤의 조각들이 다시금 톱니바퀴를 맞추는 소리"가 들리는 것 모두 "일종의 뿌듯함"을 주었다.

여기서 인석과 화인의 이탈은 일차적으로는 공간적인 것이다. 그들은 모두 자신의 일상적인 이동경로에서 벗어났다. 인석은 자신의 일터에서 벗어났으며, 화인은 일상적인 운송 수단에서 벗어났다. 그리고 소설 안에서 이러한 공간적 이탈은 분명 사회적인 이탈로서 재현된다.

성노동자 화인은 밤을 새운 매소(賣笑) 끝에 지하철을 탔다. 그리고 "하루의 시작을 알리는 단추를 누른 듯 전철의 문"에 들어서며, 마치 규범적인 경제의 일부가 된 것 같은 환상에 젖는다. 그녀는 "때가 탄 작업복 차림의 노동자", 새벽 청소를 나가는 "노년층의 여성"들과 함께 지하철을 탄다. 그녀는 근로자의 날 기념이라는 문구가 붙은 비타민 음료를 선물받거나, 지하철의 '꼽추' 잡상인에게 물건을 산다. 그녀는 흰 티셔츠에 청바지를 입는다. 그렇게 화인은 다른 사회의 일부를 여행한다.

인석 역시 사회적인 이탈을 경험했다. 그는 포르쉐를 타고 다른 계급적 공간을 여행할 수 있었다. 그는 도로에서 다른 차들이 쉽게 길을 비켜주는 것을 경험했고, 사람들이 자기에게 친절을 베푸는 것을 경험했다. 이때 인석이 진정 매료된 것은 다만 "190킬로미터를 지나 200킬로미터로" 솟구치는 기계의 속도만이 아니다. 그 기계는 손쉬운 인생의 계급을 상징한다. 인석은 아주 우연히, 그러한 권력을 누릴 수 있었다.

여기까지 오면 은연필 소설의 핵심을 파악할 수 있다. 그것은 바로 도시의 일상에서 우연히 다른 경로로 우회하게 된 젊은이들의 이야기다. 그 청년들은 평소와 다른 길에서 색다른 삶을 경험하고, 거기에 홀린다. 이것은 도시에서 가장 흔한 이야기 중 하나다. 우선 은연필이 직접 차용하고 있는 『왕자와 거지』(1881)부터가 그러한 플롯을 사용한다.

이번 소설집에서 이탈의 사건이 갖는 진정한 심오함은, 바로 거기서부터 도시의 진정한 지형도가 재구성된다는 데 있다. 은연필은 인석과 화인의 우회로를 조용히 뒤밟아가며, 도시가 숨기고 있던 얼굴을 드러낸다.

화인의 이야기에서 드러나고 있는 것은 도시에서 익명이 될 수 있는 타향이란 없다는 불안이다. 화인은 성노동자로서의 정체를 숨기고 첫차로 출근하는 자신을 규범적 경제 인구로 연출하고 싶었다. 하지만 화인은 지하철이 결코 현실 너머의 무대나 도피처가 될 수 없다는 사실을 깨닫고 만다. 그녀는 자신이 인터넷의 어느 저질 사이트에서 '새벽의 여신'이라 불리는 유명인이라는 사실을 알게 된다. 인터넷에는 그녀의 나이와 범죄 사실, 직업과 이력이 공개되어 있었다. 화인이 익

명의 대중이라고 생각한 사람들 가운데엔, 그녀의 (잠재적) 고객들이 있었다. 여기서 화인은 밤의 세계와 아침의 세계, '나라시'의 세계와 '첫차'의 세계가 서로 동떨어져 있기는커녕, 선명히 접합되어 있다는 사실을 깨닫는다. 이러한 탈출불가능성은 순환선이라는 "종착역 없이 무한정 반복되는 흐름"에 명백히 암시되어 있다.

인석의 이야기에서도 도시의 양극단이 서로 연결되어 있다는 암시가 나타난다. 인석의 이탈은 사실 반려견을 애견 호텔에서 유기동물보호소로 운반하는 과정에 다름 아니다. 인석이 정처 없는 방황 끝에 도착한 유기동물보호소는 "닭장과 같은 (……) 철제 우리가 복도 양옆으로 쭉 펼쳐져" 있고, "학대당하거나 버려져 이곳저곳을 떠돌다 병들고 부상을 입은 개들이 그야말로 무더기로" 머무는 곳이다. 이 끔찍한 광경은 사실 인석에게 친숙한 것이었다. 그는 대학생 시절 이러한 보호소에서 봉사활동을 했었기 때문이다. 그는 자신이 데려온 '카발리에 킹 찰스 스패니얼'을 철제 우리 안에 집어넣음으로써, 자신의 뺨을 때린 견주에게 복수한다. 그 복수는 개인적인 것이면서, 기묘한 방식으로 사회적인 것이다. 그는 이 살풍경한 보호소가 사실 "숙박뿐 아니라 치료, 영양, 훈련, 미용 등 실제 호텔이라 불러도 좋을 만큼의 서비스가 제공되는 최고급 시설"과 짝패라는 점을 폭로한다. 그의 말에 따르면 "닭과 소, 돼지, 말은 좀처럼 버려지지 않는다. (……) 유독 인간과 가족처럼 지내는 반려동물에게만 내려지는 형벌이 바로 학대와 버려짐"이다. 즉 인석은 현재 도시에서 가장 번성하는 돌봄의 산업이, 사실은 가장 비정한 수용소와 연결되어 있다는 사실을 보여준다. 여기서 인석은 도나 해러웨이가 폭로한 진실을 재연하는 배우처럼 느껴진다. 즉, "개가 무조건적 사랑의 환상을 충족시키는 데 실패하면 버려질 위험을 겪게 되는 것"이다.*

요컨대 은연필은 이탈의 이야기를 통해 도시의 진정한 지형도를 그려내고 있다. 그는 도시에서 정해진 경로를 이탈한 청년을 뒤따라간다. 그 여정은 우리를 도시의 반대편으로 안내한다. 그러나 거기에서 우리는 뜻밖에도 도시의 양극이 서로 접합되어 있다는 사실을 발견하게 된다. 이때 도시는 이탈의 가능성으로 가

* 도나 해러웨이, 황희선 옮김, 「반려종 선언」, 『해러웨이 선언문』, 책세상, 2019, 164쪽.

득하면서도 사실은 도저히 탈출할 수 없는 시공간으로 나타난다. 여기서 은연필의 글쓰기는 진정 도시적인 이탈, 나아가 진정 도시적인 플롯을 그려내고 있다.

작가의 말

소설집 『화이트, 블랙』 원고를 완성한 것은 10여 년 전으로 나름의 시간이 흘렀습니다. 시간뿐 아니라 한 권의 책으로 묶어내기에 분량 또한 모자란 편이라 예상합니다. 세상의 수많은 책들 틈새에 책 하나를 더 보태게 된 의미를 잠시 곱씹어봅니다.

어쩌면 다소간 부족할 이 작품을 선보이는 데 부끄러움을 느낀다고 해야 할까요. 10년 전 소설을 쓸 때는 현재 시점을 미처 예상치는 못했고 지금으로부터 또 다른 10년 후에는 작가의 말을 쓰는 이 부끄러움마저 조금은 희미해질지 모르겠습니다. 기록된 글은 특정한 물질로서 어딘가에 남아 다시 또 새로운 10년을 기약하게 될지 어떨지 사뭇 궁금해지는 대목이기도 합니다.

　행여나 그러한 만남이 가능해지기까지 일정 기반이 되어준 소중한 이들에 대한 인사로서 작가의 말을 대신하려 합니다.

　우선 가족에게 고맙습니다. 한 사람의 성장에 있어 가족이 참으로 의미가 크다는 사실을 매번 다르게 헤아려갑니다. 가족의 지원이 없었다면 여기에 이르지 못했으리라 생각합니다.

　가벼운 생의 어느 시점에서 진실로 연인이 되어준 이에게도 고맙습니다. 누구에게나 사랑과 우정은 특별한 일이 아닐 수 없습니다.

　친구 창수, 승원, 영주, 민채, 원현, 영수, 라준, 지훈, 미라. 승재, 동혁, 형빈, 지형, 재권, 혜경, 형우, 혜원, 정화, 예지, 규진, 선용, 경은, 민경, 정민, 가인, 솔이, 경환, 연호, 신화, 영희에게도 안부를 건넵니다. 그 가족과 자녀들에게도요.

　전공 교수님들과 동문분들에게도 물론이며 타 과생에게 청강의 기회를 열어준 모교 문예창작학과 및

문학연구자료실이란 공간에도 빛이 있음을 헤아려봅니다.

종로 홍대 강남의 독서 모임, 소설 드라마 영화 스터디 친구들도 일정 이상의 의미가 되어주었습니다. 소설은 그들과의 치열한 토론을 통해서 대폭 수정됐습니다.

여러모로 부족한 『화이트, 블랙』을 보듬어주신 경기문화재단과 교유서가에 감사드립니다. 첫번째 책 출간을 지원해주었던 한국콘텐츠진흥원과 고즈넉이엔티 관계자분들께도 뒤늦은 인사를 전합니다.

끝으로 우연 혹은 필연에 따라 이 소설을 접하게 되었을 독자분들께 몸 굽혀 감사 인사를 드립니다. 지금 눈앞의 흰 종이와 검은 글자를 들여다볼 존재가 실재한다면 세상 누구보다 귀한 손님임을 믿어 의심치 않습니다. 무수한 가능성과 변수를 거쳐 수월치 않은 시간을 통과한 후에야 비로소 이 만남이 이뤄졌으리라 예상하고 있습니다. 세상 소중한 그 만남이 찰나적이라기보다 새로운 시작이 될 수 있도록 각자의 자리에서 최선을 다하면 어떨까 해요.

지금 우리가 조금 더 크고 두꺼운 어느 소설의 마침 재밌어지기 시작하는 어딘가를 지나는 중이라 조심스레 상상해봅니다. 곧 가장 설레는 대목에서 놀라운 만남이 펼쳐지길 내심 기대해봅니다. 서로, 라는 설렘을 안고 그 만남을 기다려보려 합니다. 조금 더 나아지거나 또한 반가워진 모습으로. 그때까지 부디 모두 건강하고 행복하세요. 은연필이었습니다.

은연필

2022년 장편소설『동화, 혜화』,
2023년 소설집『화이트, 블랙』출간

화이트, 블랙

초판 1쇄 인쇄 2023년 12월 12일
초판 1쇄 발행 2023년 12월 22일

지은이 은연필

편집 이경숙 정소리 이고호 | 디자인 윤종윤 이주영
마케팅 김선진 배희주 | 저작권 박지영 형소진 최은진 서연주 오서영
브랜딩 함유지 함근아 고보미 박민재 김희숙 박다솔 조다현 정승민 배진성
제작 강신은 김동욱 이순호 | 제작처 천광인쇄사

펴낸곳 (주)교유당 | 펴낸이 신정민
출판등록 2019년 5월 24일 제406-2019-000052호

주소 10881 경기도 파주시 회동길 210
문의전화 031.955.8891(마케팅), 031.955.2692(편집), 031.955.8855(팩스)
전자우편 gyoyudang@munhak.com

인스타그램 @gyoyu_books | 트위터 @gyoyu_books | 페이스북 @gyoyubooks

ISBN 979-11-93710-03-6 03810

이 책은 경기도, 경기문화재단의 지원을 받아 발간되었습니다.